浙江少年文学新星丛书·第八辑

海 飞 主编

不一样的童年

樊雨桐 著

浙江工商大学出版社

ZHEJIANG GONGSHANG UNIVERSITY PRESS

·杭州·

图书在版编目(CIP)数据

不一样的童年 / 樊雨桐著. —杭州:浙江工商大学出版社,2022.1

(浙江少年文学新星丛书 / 海飞主编. 第八辑)
ISBN 978-7-5178-4799-1

Ⅰ.①不… Ⅱ.①樊… Ⅲ.①作文—中学—选集
Ⅳ.①H194.5

中国版本图书馆 CIP 数据核字(2022)第003144号

不一样的童年
BUYIYANG DE TONGNIAN

樊雨桐 著

责任编辑	沈明珠
责任校对	穆静雯
封面设计	浙信文化
责任印制	包建辉
出版发行	浙江工商大学出版社
	(杭州市教工路198号 邮政编码310012)
	(E-mail:zjgsupress@163.com)
	(网址:http://www.zjgsupress.com)
	电话:0571-88904980,88831806(传真)
排　版	杭州朝曦图文设计有限公司
印　刷	杭州高腾印务有限公司
开　本	880mm×1230mm　1/32
印　张	69
字　数	1056千
版 印 次	2022年1月第1版　2022年1月第1次印刷
书　号	ISBN 978-7-5178-4799-1
定　价	448.80元(全九册)

个人简介

樊雨桐,先后就读于浙江省衢州市龙游阳光小学,衢州市华茂外国语学校。作文《春雨》获县一等奖,小说《囚》获浙江省"少年文学之星"一等奖,诗集《梦笔生花》和童话集《水孩子》被阳光小学收录在图书馆中。平日酷爱书法和画画,书画作品也先后多次获得一、二等奖。

樊雨桐

吹泡泡

荡秋千

亥猪

湖边写生

独白

花海

石上

梅花鹿

书虫

笋比人高

温馨

我与乐乐

网红

休闲时光

长城

专注

走在桥中央

沙漠如烟

狗

猫

吉他

茶π

龙猫

母鸡

鸟语花香

牛

小鸡

女孩

隱隱飛橋隔野煙
石磯西畔問漁船
桃花盡日隨流水
洞在清溪何處邊

樊雨桐

桃花溪

窗白鳥聲曉
殘鐘度谿水
此時幽夢
迴獨在空山裏
松巖叩佛燈
葉地響僧履
余心方湛寂
無使羣動起
剗藤裁素幬
坐使諸塵隔
冬室自生溫
寒窗屢驚白
不隨直省被
長覆栖禪簀
思君雪夜時
宿伴山中客

樊雨桐書

宿幻住栖云堂

内容简介

在炎炎酷暑蹲一下午只是为了探寻母鸡的奥义;勇气可嘉地爬上树却被吓软了腿;也曾做着富得流油的白日梦。她是孩子王、"馊主意缔造者",是让大人们头疼又无可奈何的存在。她淘气,贪玩,幼稚,好动,但她又以自己的方式爱着每一位家人。这一切开始于一个小小农村的欢乐假期,是一个令人啼笑皆非的淘气包的故事。

总　序
见字如你

　　斯巴福德在《小书痴》中写道，"有时候，一本书进入我们恰好准备好的心灵，就像一颗籽晶落入过饱和溶液中，忽然间，我们就变了。"而现在，在我们眼前展现的，是一群优秀的少年写作者的作品，稚嫩中有才华，笨拙中见灵性。

　　一本书，一本由孩子自己创作的书，给予我们更多的思考。文学创作本身具备的魅力正悄悄随着童年、少年、青年的自然生长期而萌芽、生长、繁衍。这种全新的生活体验，正与他们文字成长的速度同步记录和保存。我们感动于他们钟爱文学的热情，体察出他们因大量阅读文学作品而心灵丰盈、下笔生风，而由写作生发出的那种源自内心和诉诸稚嫩笔端的气息，更让我们为之动容和珍惜。真的，没有一个孩子的生活是一样的，哪怕写同一篇文章，也会有不一样的内容。《发现·世界》的作者周昊梵，在记录旅游时的见闻、和父母的亲子互动、校园难忘的经历以及对文学的思考中，就描绘了一个个美好而珍贵的周式童年缩影。但热爱文学，喜欢写作的孩子有一样是相同的，心怀美好，传递美好，想象美好，创造美好，生活和世界，均在此列。所以当一名中学生独自去到异国他乡，文学创作依然是她同行的挚友，徜徉于东西方文化碰撞下的生活环境，写下了记录留学生活的《一路行走一路歌》。"虽说世界庞大，却仍想在这纷扰喧嚣的人群中留下些许痕迹；即使文字稚嫩，也依旧想用真性情，执笔墨书写真我。"这是一直没有停下书写文字步伐的一然，作品第二次入选"浙江少年文学新星丛书"后，对文学最倾心的表白。

入选《浙江少年文学新星丛书·第八辑》的共15部作品，从内容来看，有纪实小说、国外留学生活记、个人生活旅行记、研学手记、语文单元习作的升级作品、小故事等。这些融合生活和学习故事的习作集，以校园故事、身边的人和事、父辈的追求、中国梦四大主题为主的年代感极强的作品、初具雏形的小说，让你看到一个同样的世界里不一样的心灵感悟。用文字记录生活，并没有写成流水账；

想象性作品在现实基础上的对于这个世界的感知与想象既大胆又具有创新性;记录童年生活里的点点滴滴,有情怀有故事有功底,叙述平淡里有曲折,引用典故而能深发意味;习作有向作品的美好过渡和提升,有模仿痕迹但也有不同的见解。文章亦庄亦谐,亦古亦白,语言精雕细琢也有童真童趣;抒情大胆而细腻,感情恰到好处,收放自如,转折与衔接处也有刻意与盈润的笔触。比如同样是因为文学征文比赛而钟情写作的南皓仁、吕可欣,作品有各自不同的特色:南皓仁的作品《不规则图形》包含了多种文体,题材丰富多彩、文字成熟老练、想象力丰富;吕可欣在写作《春曦》时是用她的童眼去观察这个世界,用童心去感受身边的人和事,用童言来抒写她的感受。这里面有童真,童趣,有温暖人心的文字,更有来自灵魂的拷问。他们介入世界与生活的脚步有点快,又看得出有认真充足的准备,字如其人,是真的。少年的你,多少年后,你自己来读一读,还是全新的一个自我。真好!

我常常在想,到底是怎样的初衷,能让十几岁的少年,安静地将成长的行程一字不差地记录和感喟。他们所写的生活,有春夏秋冬里细心观察的所感所悟,有现代时尚生活的体验,有在长辈回忆的生活里的感叹和想象中天马行空的生活,最神奇的是,一个小物件都能写出各种不同的故事。少年行的《童真年代》一帧帧都是孩子们纯洁的童真年代的真实写照,是一曲曲质朴无华的童年之歌。桐月六小童的《彩色的天穹》里有孩子们处在乡村与城市之间的最真实的心灵写照与思考。《时光里》"镌刻"着时光少年的烂漫友谊和温馨童年的美好印记。《行走的哲思》里湖畔四少为我们分享了研学中的所见所闻、所言所行、所思所想,既有深入的对历史的剖析,又有对自然的观察与探索,文笔恣意洒然,未来可期。两三点雨山前用文字记录了她们生命中最初的美好,也记录了她们生命中最初的思考。短短的篇幅,回味绵长,或许真的能品出《时光的味道》。读《素心之履》你能欣赏到江南水墨长卷般的书生意气,乌镇、南浔、西塘……搂着这样的小镇,感受日日夜夜的人文沉淀的浑厚,那不是一场旧梦,是俗世烟火气息下一个个真实的自我。七八个星天外,以文字采撷遥不可及的历史,呈现的却是眼前的幸福与美好。

　　写作有起点,有创作方向,有个人的审美追求和价值观。当你的创作代表了人类社会大众的普遍方向,当你虚构的世界引起了人们的关注,当你描述的真实在隐喻和暗藏中悄悄生长,当你的文字,代表了一种生命物质……你会发现,很多事物都不一样了。生在杭州,长于钱塘的梁熙得,以一部《鼹鼠先生的春日列车》,将脑海里的奇思妙想,让人眼前一亮的妙笔生花全部装载。"以梦为马,路在前方。以写为乐,自由畅想。海豹,它有一片海洋。"这是多么自信的童年宣言!诸葛子誉的纪实型小说《稚拙的日子》用真实的笔触,写下了生活的经历和对生活的简单观感,勾画了一个稚拙有趣的童年。徐诗琪在《冒傻气的小红鼠》中更是塑造出了一个个性强,爱出风头,同时也富有正义感和责任感的孩子形象。樊雨桐写的城市女孩则个性独特,惹出一些啼笑皆非的事情,由此有了一段不一样的童年,细细感受《不一样的童年》,你也许会找到你童年里的不同和相似。小作者们在创作道路上的探索和追求,着实引人感动。

宙斯为了在广阔的宇宙中创造人类,与普罗米修斯进行了艰难的旅程。他们寻找黏土的途径到现在还是众说纷纭:有人说,他们是从色雷斯草原一路东行到小亚细亚,最后在位于底格里斯河与幼发拉底河之间的丰饶之地找到黏土;也有人振振有词,表示他们是南渡尼罗河,穿越赤道,最终在东非得偿所愿。不管经过怎样的跋涉和攀登,最后宙斯决定让雅典娜轻吹一口气,赐予这些成型的泥人生命。在时代的洪流里,我们坚持做这套丛书八年,其间的过程百转千回,在网络科技发达的今天,希望我们的坚持加上你们赋予这项事业的灵气给予我们追寻文学持久生命力的源泉。

有的作家,他写的作品就如一辈子精心于一类特殊工艺的手艺人一样,作品中有一种固定的地理,一种永远不变的时段,一直让人感觉是在童年时期。而青少年儿童自己创作的作品,并没有定型,但你也能看到很多类型、方向、文本的雏形,他们在模仿、在创造,也在改变,更在颠覆。不难发现,在阅读,无论电子书还是纸质书阅读,越来越快地改变人们的同时,读同龄人的书,由自己写出一本书已然成为一种趋势,曾经的少年不再是那一群只知道玩滑板、打篮球的小孩,也不再是抱着芭比、沉浸于cosplay、穿着洛丽塔的少女,他们正在以成年人的视角和语感诉说和表达对这个世界的看法和诉求。就像赵蕴桦在《灼灼其华》中所说:"我的作家梦,是从阅读开始的,阅读更广泛,更深入,写作热情就持续高涨。我期盼每个周末和暑假的来临,那样我可以走更远的路,赏更美的风景,考察更深厚的人文底蕴。我的作品是我小学毕业的纪念,未来,我期待着成为真正的作家!"如果你想了解少年们在想什么,最好的办法也许就是看看他们写下了怎样的世界,和对世界万物的看法。那些无法言说的都借助文字来喷薄,借由这个口子,架构了我们与他们之间的桥梁,希望,真诚的心灵交流与沟通,从此变得容易。

世界本来就很美,我们想方设法带给这些御风的少年一个美好的世界,而在他们眼中,美好的世界可以由自己界定,由写作与这个世界建立最好的联系,由此在成长的道路上哺育出更美丽的生命之花,何其有幸!见字如你!

向所有看到这些文字的大人和孩子,致敬你们曾经以文字和写作创造的美好快乐的童年及世界!

海飞

2021 年 12 月

自 序

　　我是浙江省龙游县阳光小学六(5)班的樊雨桐,今年
12岁。我是个阳光、开朗、积极进取女孩。

　　在小学的六年时间里,作为班里的学习委员,我是老
师的得力小助手,每周的黑板报都是我亲力亲为。我酷爱
学习,每门功课都达到了"优"。我的兴趣广泛,平时抽空
就会吹吹胡芦丝,看看课外书。我从小博览群书,熟读"四
书五经",它们教会了我"不义而富且贵,与我如浮云";更
教会我"立身行道,扬名于后世,以显父母,教之终也"。平
时空余也喜欢关注国家大事,了解国家重大政治举措,做

到风声雨声读书声声声入耳，家事国事天下事事事关心。我希望自己成为一个心怀天下的新时代的接班人。

我对数学充满热爱。我喜爱分析，认真思考，喜欢钻研。英语方面也不逊色，2018年获"希望之星"英语风采大赛龙游赛区一等奖，2017年获得县英语书写比赛二等奖。学校手抄报多次获得一等奖，在2018年六年级学科综合能力测试中表现突出，荣获一等奖。小学六年里，我还多次获得"银星少年"和"金星少年"荣誉称号。

在业余时间里，我把自己的时间献给自己的学业，更倾注自己的热情于书法和绘画。在"童心童梦"书画大赛中多次获得二、三等奖，在2017年获得"森林消防宣传画一等奖，美院杯全国青少年美术创作大赛一等奖。在2018年第五届"兰亭奖"书法大赛中获衢州赛区二等奖，《改革开放》作品获"生态环保杯"二等奖，获得全国美术特长生专业测评考级创意绘画六级证书。

我也喜欢阅读写作。2017年我的作文《春雨》在浙江校园文艺公益平台发表，2016年和2017年我创作的童话

《水精灵》和诗集《妙笔生花》分别荣获第一、二届童书创作大赛"金葵奖",2018年在第十二届浙江省少年文学之星征文比赛中获一等奖。

诸葛老师是我的作文老师,对我青睐有加,鼓励多多。他欣赏我的文笔,赞赏我的细腻,《不一样的童年》这本小说,就是在他的指导下完成的。当初我没有想过自己能写一本小说,也不相信自己能坚持写完。历经一年,我慢慢琢磨,慢慢思考,坚持不懈,终于完成了这本于我而言的"巨著"。当然,我的故事很幼稚,我的文笔也有很多不足,但这样的努力可以在我的童年里留下难忘的一笔。希望能得到大家的鼓励和认可,我会一直努力写下去。

雄关漫道真如铁,而今迈步从头越。我希望能通过自己的努力,创造一个不一样的童年。

樊雨桐

2018 年 10 月 15 日

父母寄语 写给吾囡

　　2007年7月12日16时25分,那时天空下着雨,你在肚子里待了8个月,便提早呱呱坠地。因天降雨,故取名雨桐,寓如风雨中的梧桐一样智慧坚强,希望你成为一个健康、快乐、勤学,并会独立思考的孩子。

　　不吃饭则饥,不读书则愚。儿时的你乖巧伶俐,爱画画,喜小人书,不厌其烦地一遍遍翻看,这是你对文字和画面的最初认识,也为你的一生打下了坚实的基础。每天晚上缠着我给你讲故事,那是我最幸福的时候,我愿意用世间所有的爱,来陪伴你的成长。到了大点上了小学,你认识的字也越来越多,你像只书虫似的黏在书中疯狂地吸收养分,大量阅读积累的丰富词汇对你的写作有了很大的帮助。蜂采百花酿甜蜜,人读群书明真理,在你小小的脑海里,一定有很多个缤纷的世界,在那些世界里,你用你怯怯的目光熟悉着人性、自由、努力、健康的一切的营养。

你爱画画,你的画总是受到麦月邱老师的啧啧称赞;你爱书法,你的书法总是在诸葛老师欣赏的目光里给大家带来惊喜。你很幸运,在班里,你受到了所有老师的关爱;业余,你也在开拓一个属于自己的世界。读书,不仅仅为的是分数,妈妈欣喜地看到你正在全面地成长,有高雅的爱好,有良好的心态,有健康的身体,有美好的憧憬。

在诸葛老师的耐心指导下,你的写作水平大幅提升,更是完成了这本7万字的长篇小说。看着你洋洋洒洒,看着你愁眉不展,看着你默默克服困难,妈妈忽然明白:这就是成长,这就是努力,这就是一步步走向属于自己的目标!

驾驭命运的舵是奋斗。

不抱有一丝幻想,不放弃一点机会,不停止一日努力。

我和爸爸都希望你在今后的学习道路上, 继续努力并

一帆风顺!

　　　　　　　　　　你的妈妈

　　　　　　　　　　2019 年 9 月 18 日

目　录

蹩脚"医生"

阳光像仙女散花似的,将那一粒粒泛着光的"金珠子"撒进潺潺流淌的小溪。溪中荷叶裹着半灰半青的皮袄沉睡着。花儿绽放着芳香,缕缕红霞爬上花瓣,荷花显得格外美丽、大方。

要找小溪的尽头吗,一直沿着泥泞曲折的小路走便是了。横跨在小溪尽头的是一幢红瓦白墙的大房子,结构简单,却不失温馨,那便是彤彤爷爷的家。彤彤是城里的孩子,她不想读辅导班,于是这里就成了她整个暑假的"避难所"。

听着林中鸟儿婉转的歌声,好像才过了一会儿工夫便到了中午。红瓦房的瓦片在阳光的映衬下熠熠发光,路边的香樟树散发着千年的幽香,树上的鸟儿唱着绵长亲切的歌。一切都是那么和谐温暖,除了门前蹲着的那个愁眉苦脸的人——彤彤。她用手托着头,眼睛里闪闪的"星星"不见了,嘟着嘴,显出几分无奈和落寞。

这时,远处传来一阵跑步的喘息声,原来是胖胖妞郝丽丽来了。她喘着粗气跑来:"报……报告组长,我来晚了。"她一边擦着在耳侧滚动的汗珠,一边腼腆地笑。胖胖妞见彤彤眉毛打结十分不解:"组长,你这是怎么了?"

"唉,想到吃饭我就发愁。我的好爷爷好奶奶真是'大气'喽,每天就给我弄点茄子酱拌饭,我很怀念妈妈给我烧的'满汉全席'了。"彤彤垂着眼,驼着背,像个年逾古稀的老人,一副有气无力的样子。

突然,她看见了那只被奶奶视为"掌上明珠"的老母鸡,正趾高气扬地在院子里踱步。它披着一身黑红交错的羽毛,尖尖的爪子似乎能把地钩出血来,一副威武雄壮舍我其谁的样子。

"红烧辣子鸡丁……"彤彤的小眼珠闪着光,骨碌碌地转,脑袋里忽然跳出了这个词,压也压不住。虽然不能吃了鸡,但抓来玩玩也不错。她跑到胖胖妞跟前,嘀嘀咕咕了一番:"要不,你去抓那只母鸡吧!"

胖胖妞低着头,指头点点自己,怯生生地说:"我可不会抓鸡,再说奶奶知道了……要不,咱去摘莲子吧。"说着便伸手拉彤彤的手。

"不去。你给我去抓鸡!"彤彤费了九牛二虎之力甩开了胖妞妞的"虎爪",板着脸说,"还想不想玩过家家了?想,就去抓鸡;不抓,过家家没你的份!"

"说好的玩游戏哦……"胖胖妞一听到"过家家"几个字,眼睛眯成了两条墙缝,肥肉簇拥在一起。她因为太胖,走路像腰里捆着个大箩筐,前摇后摆地抓鸡去了。

彤彤躺在树荫底下乘凉,两排细细的牙齿咬着根稻草,跷着二郎腿,真是惬意。

胖胖妞跑到竹林后,便开始与那只老母鸡进行"殊死一搏"。她抖着肚子上的肥肉,边跑边骂:"你这只死老母鸡,看老娘不逮住你!"母鸡受了惊吓,在空中扑腾了几下,羽毛掉了一地,胖胖妞感觉嘴里进了一团毛,扭曲着脸想吐出来,母鸡趁机一溜烟躲进了茂密的竹林里。

不一会儿,胖胖妞就追得筋疲力尽了,一屁股坐在地上。火辣辣的阳光如毒蛇般席卷着大地,空气中似要凭空燃烧起火焰。胖胖妞头上冒着晶莹的汗珠,汗水浸湿了宽大的衣衫,和肥肉腻在一起。她气喘吁吁地追,母鸡像打了鸡血一样飞,嘴里咯咯叫着,魂都快被吓出来了,不一会儿也累得气喘吁吁,蹲在那儿不动了。胖胖妞勉强支起身子,用网兜将老母鸡捉拿归案了。

母鸡"咯——咯——咯"凄惨地叫着,像是知道末日来了。胖胖妞怕老母鸡跑飞了,还用绳子将翅膀绑了个结结实实,母鸡死命挣扎却只是徒劳。

当胖胖妞将母鸡送到彤彤面前时,彤彤看到鸡几乎要死了,心里好一顿紧张:如果鸡死了,奶奶会多伤心,说不定要罚自己蹲马步了。

小溪旁的花儿被太阳晒得昏昏沉沉,耷拉着脑袋,鸟儿不时低下头啄啄自己七彩的羽毛,白鹭舒展着她优雅美丽的铁青色脚踝,踏进水里,溅起一串轻盈的水花。

阳光下,彤彤对胖胖妞说:"我们给鸡挂下盐水吧,要是死了,可怎么办?"

胖胖妞说:"嗯,嗯,好。"

她俩打算好好做一回医生,给老母鸡看病:挂盐水。没吊瓶?简单!把屋子里的瓶瓶罐罐翻出来,挨个找大的;没针?容易!上次奶奶刚好感冒挂过盐水,那些挂针的器具都丢在门口的小桶里了,大不了捏着鼻子翻翻。可是挂哪儿呢?插进肉里?要是那一股带着铁锈味的鲜血流出来,可就太残忍了……嘿!插进屁眼里吧!彤彤连忙把"针管"往鸡屁股里塞,塞呀塞,掏呀掏,灌呀灌。一转眼,母鸡便鼓起大肚子,似乎装了十个大鸡蛋。

"不成,不成,挂了盐水的母鸡大病刚刚痊愈,不能饿着,一定要让它吃得饱饱的。"彤彤铜铃般的笑声回荡在丛林里,月牙般的眼睛向胖胖妞使了个小眼神。就这样,半死不活的母鸡在两个"妈妈"的"悉心照顾"下,嘴巴里喉咙里塞满了米粒——老母鸡就这么被"塞死"了。

胖胖妞脸色一下就变了，又得挨骂了，这可怎么办？于是找了个借口溜了。

望着脚下死去的母鸡，彤彤忽然生出一股寒意，感觉问题有点大了：奶奶会不会打我啊？屁股火辣辣的滋味可不好受呢。

毕竟是夏天，这股寒意一会儿就被风吹散了。

转眼，火红的太阳在空中渐渐变得柔和，缓慢地坠落，最终沉没在西山里。彤彤和母鸡躺在竹林的枯叶上，彤彤含糊地说："睡吧，乖乖睡吧，妈妈陪着你……"就这样玩着，她竟然甜蜜地闭上眼，进入了梦乡。

太阳下山了，爷爷奶奶因为彤彤不见了，四处寻找，焦急的情绪爬上眼角，皱纹也更加明显。

"彤彤哎，你在哪里——"

"彤彤，快点回来——"

彤彤的名字，在乡间低头回响着。邻里都在叹气：这老头老太真被这孙女折腾得够呛，几乎每半个月就得这么闹腾一番。

他们爬上后山,大声叫唤彤彤的名字,甚至想下河找了,可就是不见人影。奶奶急得双眼泛红,泪水不自觉溢出眼眶,口中彤彤的名字也颤抖了起来。爷爷走得两腿发酸,一瘸一拐,两人终于在屋边的竹林里找到彤彤和母鸡。

爷爷用手电筒照了照睡得正香的彤彤,心顿时放回了肚子里。

彤彤被手电筒的光照得双眼不适,揉了揉迷糊的双眼,缓缓睁开。逆光中,看到爷爷奶奶熟悉的微笑,不假思索地撒起娇来,嘴里嘟囔着:"爷爷奶奶,我饿了……"

爷爷一把抱起彤彤,另一只手提着鸡:"走,回家,让奶奶给你做饭。可是,这鸡……"

"奶奶,我不是故意把鸡弄死的……"彤彤结结巴巴地把事情前因后果讲清楚后,奶奶也没说什么,只是淡淡叹了一口气:咳,明天彤彤没有鸡蛋吃咯。

月光似长袍披了下来,裹住了在夜色中行走的三人,将他们的影子拉得很长很长。

过 家 家

炊烟悠悠飘出窗外，阵阵浓香从厨房里传出，掩住了门口清淡桂花香。忽然，一个脑袋从蓬松的杉树林里探出，是彤彤！

吃，于她而言是无法抗拒的诱惑，犹如烟鬼见到烟，酒鬼遇到酒。她顺着香味，进了厨房。哇！奶奶在做辣子鸡！

只见奶奶把鸡肉切块，再用盐一茶匙，生抽一汤匙，五香粉一茶匙，白糖半茶匙，料酒两汤匙，食用油半汤匙，然后腌三十分钟。经过一段复杂的前期准备，在锅里倒入干辣椒、蒜片、八角、花椒,接着放入油炸花生米,拌匀,撒一点鸡精,这不,一块块松软的鸡块开始在鲜红的辣椒汁儿里撒欢快活,青葱铺在黑锅上,红绿交杂,点缀成一串明丽的彩灯。

彤彤用两根手指捏了一块鸡骨头,嘴巴凑上前去,粗略吹了吹,就迫不及待地张开大嘴一品鲜美。

"啊……哦……哈……"彤彤舌头四处躲避着这滚烫,脸渐渐泛红,阵阵麻辣在嘴里弥漫开。辣味似老鹰的利爪钩住了她的咽喉,她感觉喉咙似乎被火焰给烤着了,但辣子鸡的香味更甚,实在难以抉择,只能选择冒着辣椒的炮火前进!

"水!水!"彤彤拍着自己的红唇,跳着双脚,脸上的细汗都渗出来了。她挥着自己的小手掌,在口边快速地扇着,就像自己的嘴是一个炉灶口。

奶奶急匆匆地拿来水:"叫你慢点,慢点……"

彤彤一把抢过茶杯,"咕噜咕噜"喝下几口,辣痛的感觉一点点消去。她吸溜着嘴,眼睛盯着辣子鸡,又抓了一大块肉,咽进肚里。接着用舌头舔着嘴角的汁儿,顺手又提了一块,塞进嘴里,狼吞虎咽……

夜,渐渐深了。黑不见底的天空撒了一道星河,月光的长袍倾斜在桌上,亲吻着彤彤熟睡的身影和那光光的盘子。

隔日,东方飘起了第一缕鱼肚白,慢慢地,金光融入云间,天边的云变得氤氲浪漫起来。

彤彤一夜好睡,醒来脑子里就是辣子鸡那"窈窕"的影子:哦,那简直是世界上最美的味道了。不过妈妈知道了,会骂我吗?这么想着,不由得摸了摸自己的小肚子,自己安慰自己,没事,肚子没大起来,我不会胖的。妈妈一直爱美,怕胖,所以一直要求彤彤节食。"节食"成为彤彤生活的主旋律了。

"我可不管。"彤彤心里嘀咕了一句。

彤彤下床,蹑手蹑脚地潜入奶奶房间,俯下身来在奶奶的耳边低声轻语:"好奶奶,教我做辣子鸡吧,我亲爱的奶奶,求求你了……"

奶奶被吵醒,板着一张脸,眉毛像两块磁石紧紧凑在一块开会:"坚决不能,小孩玩什么火,晚上要尿床!"奶奶指了指她的屁股。

"哼,骗小孩的这套来唬我,真幼稚! 你以为这样就能让我屈服吗? 想的太简单!"彤彤架着腿,挑着眉,嘀咕着,可一会儿又像蔫掉的花一样。

"哪里有烧菜的工具呀? 我一个人行吗?"彤彤躺在沙发上念着念着,眼前突然浮现出一个人影:眯眯带笑的眼睛,软塌塌的鼻,身材短短却十分可爱——这不是好友胖胖妞吗? 叫她来帮我!

"仓库里的铁锅不正好能用吗?"彤彤高兴地一拍手,尖叫起来,停在树梢上的鸟儿都被惊起一群,扑棱棱飞上天空。

彤彤召集几个小伙伴,在屋后小山的稻草堆下集合。

"哎,胖胖妞,你去家里拿半罐米来。"彤彤嘴角一扬,抛下一句话。

胖胖妞嘟起那红红的厚嘴唇,眨着眼,一闪一闪地,羞答答地说,像是嘴里含着一颗薄荷糖:"我可不拿家里的粮食,晚上要尿床的!"

"哎呀!怕什么,我可是厨神。再说,烧了不也是给你吃嘛!"彤彤嘴角一撇,翻了个白眼。

胖胖妞一想到吃,口腔不由得分泌了大量的哈喇子,不好违命,只得照做,颠着身上的肥肉飞奔回家取米。

一切就绪后,几个小伙伴蹲在地上挖坑,准备一会儿用来安放铁锅。中午烈日当空,阳光像一把把利剑,毫不留情地挥舞到众人身上,汗水像白蚂蚁,又像蜘蛛网罩住了两人的脸颊。胖胖妞拿了米回来后扭动着身子,做得很认真。瘦蛋个子小,也灵活地做着自己手头的事情。彤彤坐在地上指挥,阳光晒得她浑身都出了汗,黏乎乎的。

过了许久,土炕终于挖好了,搬来大锅,厨神彤彤便上场了。

她将袖子往上一提,吐了两口唾沫在手心搓了搓,让胖胖妞点火。胖妞却一头缩进了茅草堆里:"我不点火,奶奶说小孩子玩火会尿床的,多丢脸,我不干,而且我已经挖好坑了呀……"

瘦蛋也连忙摇头,说:"爸爸知道我玩火,要打死我的……"那嗫嚅的表情,似乎是见到了鬼一样。

"一群胆小鬼,看我的!"彤彤投去不屑和讥笑的眼光。她使劲地按打火机,可是打火机半天都没有一丝火光。彤彤急得跳了起来:嗯?连打火机也和我作对?我按,我按,我按按按!

"啪——"火星子终于出来了,彤彤点起了一把稻草。"耶!看本大厨的神功!"说罢,边操起一把钝刀,双手紧紧按住青菜,像是武松奋力将老虎压在下面似的。彤彤切起来,好几次,她的手跟刀子"死神"擦肩而过,每次都是有惊无险。胖胖妞看着一边为她担心一边独自害怕。

菜开始下锅了。彤彤越炒越带劲,连叫加火。胖妞连忙在稻草堆里拔出一大把稻草,塞进"灶膛"里,那跳动的火焰暖暖地映射着三个通红的脸颊。

火势越来越猛,冒出的缕缕黑烟似一条条凶恶的黑龙,四处乱窜。

"少点,少点!"彤彤见火太大了,连忙制止。

"少点少点,火烧到稻草垛了!"瘦蛋跳了起来,脸色都变了。

不一会儿,火霸气地占领了稻草垛,开始燃起来了!

三个孩子面面相觑,躲进后面的草丛,胆战心惊。

村里人远见山上跳动的火苗和冒起的黑烟,都急了,三三五五地赶来救火。爷爷急得不惜牺牲自己平日里最爱的一小撮胡子,奶奶在一边也黑着脸——他俩知道,这火,一定是自己家的孙女放的,那个破锅就是放在储藏室里的,怎么到这里了呢。

在大家的齐心协力下,火终于灭了。沸沸扬扬的灰烟飘飘散散地落下,似腊月时节的鹅毛大雪,落在爷爷的身上和黑漆漆的脸上……

三个小鬼头从草丛里出来了,长嘘了一口气,有点可惜那菜被大人的脚踩成了渣渣。

爷爷把彤彤拉到跟前,低下头来瞧瞧自己的胡子,指着彤彤的鼻子问:"说! 是不是你干的?"

"是,是我干的。对不起,爷爷,我错了,我下次一定改!"彤彤一把鼻涕一把眼泪地说,并且举起手来发誓。

爷爷拿来木棍,正欲打她,彤彤便哭丧地喊:"爷爷,虽然我经常给你好吃的,虽然我常给你买酒,虽然我在过年的时候常把压岁钱分一半给您,虽然我从不告诉奶奶你的私房钱藏在哪里,但是今天你再用力打我,我也不会恨你的……"

爷爷心一软,叹了口气,放下了棍子。

"下次再不许这么胡闹了!"爷爷舍不得对自己的小孙女下重手,只能撂下这么一句不轻不重的教训。

"好嘛。"彤彤低着头乖乖应声,许诺下次再不这么调皮。

奶奶在一边看着,一边抹着眼泪,在她的想象里,那大火漫山遍野,而彤彤却在山里……所有的一切让她瑟瑟发抖,她哽咽着:"你,你不要在奶奶家了,你这个小害虫……要是……你让奶奶怎么办……"

"奶奶,我错了……"

"如果再敢玩火,我保证不认你这个孙女了……"

"奶奶,我错了,我只是想自己炒菜……"

……

夜色朦胧,月亮悄悄爬上了山尖。彤彤睡着了,梦里还抽泣着,喃喃地说:"奶奶,我不炒菜,我乖……"

爷爷的旱烟杆

　　天空像一块琥珀，里边镶嵌的太阳像一个咸鸭蛋黄，泛着金灿灿的温暖的光。随着"噼里啪啦"的一阵爆竹声，脚下铺开碎裂的红布，彤彤在爆竹的烟雾里看到了穿着白衣的爷爷。爷爷的脸上很严肃，好像在做着一件庄严的大事。

　　哇！爷爷在桌子上摆了好多的东西——烤熟的猪头、诱人的粿、黏黏的而不失甜味的五色糕点……还有平时想尝也不给的几样水果，一应俱全。

　　"今天是怎么了，又不是大年初一，菜怎么这么丰盛呀?"彤彤见了这么多吃的,不禁咽了口唾沫,用舌头舔了舔干燥的嘴唇,顺手就要抓一个。

爷爷见状,抓住了彤彤刚伸出的手:"这是祭祀我岳父用的祭品,不能吃!"

"岳父是什么?难道是岳飞的父亲?"彤彤皱着眉头,鼓起脸喃喃自语。

爷爷不禁"噗嗤"笑出了声:"傻孙女,我岳父是你奶奶的爸爸。"爷爷抚摸着彤彤的头,一脸慈爱。

彤彤恍然大悟:"我明白了,既然奶奶的爸爸叫岳父,那奶奶的妈妈应该就叫岳母,对吧。"她一副沾沾自喜的样子。听到这里,爷爷再也憋不住了,捧着肚子哈哈大笑。

到了中午时分,毒辣的太阳似一个扎人的海胆,用锋利的光束插入地中,汗珠像蜘蛛网般蔓延了彤彤整个脸颊。彤彤窝在爷爷窗前乘凉,转眼又看见爷爷在细致地抹着那好似古董的檀木盒。在阳光下,檀木盒上的精致花纹清晰可见,光亮的表面似乎要渗出油来,淡淡的檀木香在空气中散开。

这里边是什么"文物"呀,值得爷爷这样珍惜,难道它有特别的作用? 好不好看? 好不好玩?

"爷爷,这是什么?"

"哦,这是我岳父去世前送给我做纪念的,一杆旱烟杆。这是我岳父唯一留给我的……"爷爷的脸上有点伤感。

"哦——"

中午,爷爷午睡了。彤彤扣开了檀木盒上的金锁,小心翼翼地打开。

"哇,好漂亮的烟杆!"彤彤有点惊叹。

映入眼帘的是一根竹竿,由细到粗,青翠中夹杂着深黄,多一分则显黑,少一丝则显淡,一个圆空心核儿周边还镶着不少条纹,边儿还立着一片锃亮的铜片,在倾斜阳光照射下,透着古铜色的光洁。彤彤如获至宝,将它小心翼翼地捧在手里,生怕摔坏了。

彤彤带着这细烟杆,在山谷顶上和胖胖妞、瘦大个会合。

"瞧瞧！我带来了什么！"彤彤从身后掏出了烟杆，在同伴眼里摇了摇。却没想到换来了同伴的捧腹大笑！

"这算什么宝贝，我爷爷、外公家里这东西多得很，不就是一根旱烟杆吗，就是大人吸烟时用的。"胖胖妞抿着嘴，憋着笑。

"旱烟杆怎么了，这可是一个宝贝，我爷爷的宝贝。"彤彤觉得有点丢人，竟然被胖胖妞妞看不起了。心里想，既然不是什么稀罕的宝贝，那不妨就做个大刀，开始"杨家将"的游戏吧。

他们三个开始了大战。

首先是木刀和烟杆的死战，在双方的军师指挥下，旱烟杆成功利用锃亮的铜片打坏了钝木刀的大个口子，红缨枪的塑料头也被击掉了，留下了个破竿，不过彤彤的旱烟杆已经伤痕累累，就如一个浑身脏兮兮的流浪汉了。最后，大家干脆将手里的东西都扔向了对方的武器，在混战中，旱烟杆最后壮烈"牺牲"了，被折成了两半。玩得尽兴了，彤彤把断成两截的烟杆抛上了空中，落入了山底。

下午,麻雀在空中掠过,似一盏明灯,破开一池清水。彤彤手插着腰,哼着小曲儿走回家,便撞见了怒气冲冲的爷爷。此刻,集一身优点的退休老教师爷爷一点也不文艺范了,一把拧过彤彤的耳朵,脸上的皱纹显得更深了,似乎是被刻上去的,看上去凶巴巴的:"说,是不是你把我旱烟杆偷去玩了?"

"是……是我拿的……扔掉了……"彤彤不禁也咧着嘴,眨巴着眼,支支吾吾起来,因为她从未见爷爷发过这么大的火。

"扔哪里去了?"爷爷眼里充满怒火,那里面透着焦急和痛惜。

打听到山脚下的烟杆的消息后,爷爷丢了魂似的出去了,黄昏时分,余晖笼罩着大地,爷爷手托着折断了的旱烟杆回来了,简直是欲哭无泪。

彤彤想上去撒个娇,让爷爷消消火。

他一把推开彤彤,将烟杆捧在手里,愧疚万分。

"爷爷,我错了。"

"……"

"爷爷，我饿了。"

"……"

"爷爷，我想洗澡。"

"……"

爷爷一声不吭，想着如何让旱烟杆能恢复原样。用透明胶绕个几圈，看上去就像一个伤兵被缠了满身的绷带。没办法，只好把半截断下来的杆子扔掉，把断口修复一下，只剩下半截烟杆。爷爷用布擦了一圈，又抹净，洗了一层又涂油，把半截烟杆小心地放入盒中，长叹一声，背着手又走入房间。

窗外，黑夜显得有些阴森。猫睁着萤石般的绿眼，披着黑夜抛下的长袍，掩在林中，周围，只有洪水般泛滥的黑色紧贴着地平线。大概有些人最后都会如这黑夜一般毫无光亮。

"爷爷，我知道这是您的纪念物，我真是不应该。爷爷，您对长辈真好，我一定向您学习。以后我一定要好好

孝敬您和奶奶,让您俩开心,幸福。爷爷,对不起!"彤彤真
诚地做了自我批评。爷爷摸摸她的头,叹了口气说:"嗯,
我家彤彤还是很懂事的呢。"

　　夜色渐浓,彤彤那天竟然失眠了,她在想着爷爷对岳
父的怀念,想着爷爷对长辈的孝敬,想到自己的不懂事,
"内疚"这样的情绪竟然布满了她小小的心房。

美丽的金鸟

　　"啾儿，啾儿——"窗内传出鸟儿欢快婉转的歌声。穿过稀疏的绿叶，拨开掩在笼上的指甲状吊兰的小叶，就见一只格外美丽的鸟儿亭亭立在那里。那光润的羽翼，像是被抹上了一层油脂，还带一股香气，琥珀般夺目的羽毛像是被蜂蜜浇过，略带一丝阳光的金颜，橙红色的绒毛掩住眼睑，一簇簇地拥在一起，小巧玲珑的红嘴上还有小小的白点，如珍珠般夺目。它是上天造出的鸟中仙后，爷爷每天都要小心翼翼捧着这个手中的"二房"。

　　那是一个夏日午后，知了藏在枝头后"吱吱"叫个不停,深棕色的身体与粗糙的枝干融为一体。彤彤摸着扁扁的肚子,深吸了一口气,然后提着八十分贝的嗓音:"爷——爷,给我——做饭!"

"来喽,马上就好。"爷爷随口一应,转过身又继续逗鸟。他用手抚着鸟儿那细腻的绒毛,嘴里还唱着小曲儿逗鸟儿,整个人开心得容光焕发,皱纹里都透着笑意。上了年纪后,爷爷就变得玩物丧志了,爷爷的变化可真大。

一刻钟,半小时,彤彤在房里来回踱步,肚子向她"咕咕"埋怨。她气急败坏:"爷爷,快点做饭! 你——宝贝孙女饿——死了!"彤彤故意拖长声,想引起爷爷注意。

可爷爷的双眼只停留在鸟儿闪着光的眸子中。那鸟儿的小红爪不停钩着笼底,发出"嚓嚓"声,被泼过金漆似的翅膀拍打着笼子,用可怜巴巴的眼神望着爷爷,从嘴里传出撕裂的哭喊:"唧——唧!"那声音婉转而悲哀,略带一丝留恋与不舍。

爷爷停下脚步,轻柔地摸着鸟儿的头儿:"乖,宝贝儿,来,吃点……"

　　鸟儿扑扑翅膀,友好地蹭了蹭爷爷的手指,透出一股亲昵,然后又啄啄米。"真是玩物丧志,爷爷是不是只喜欢这只臭鸟!"

　　终于,在彤彤的再三催促下,爷爷走进了厨房,开始烧菜。爷爷看着锅里煮着的菜,忽然间不知道想起了什么,连煤气都来不及关,就又急匆匆地冲了出去——原来是忘给心爱的鸟儿加水了。爷爷将鸟儿放了出来,它一脸活泼,直冲上电灯,跟着来回晃动,一下子又跑到阳台,悠闲看景,最后,又绕着爷爷的手蹦来蹦去,接着伏下头喝水,爷爷一脸开心地望着鸟儿活泼地上蹿下跳。

　　彤彤则气急败坏,爷爷可从来没有那样宠过自己。难道我还不如一只鸟吗? 彤彤越想越气愤,冲下楼梯,跑到爷爷面前说:"绝交!"

　　这下,爷爷犯糊涂了,他抓抓秃着的后脑勺:"咦,怎么了? 难道我又有啥事给漏了?"正想着,只见厨房冒出一股黑烟,魔鬼般张牙舞爪,十分呛人。爷爷的脸上带着一丝吃惊和恐慌:"啊! 我忘关煤气了!"说着,就冲进厨房,只见锅里的菜已经被烧得焦黑,看着马上就要着了,不过幸好,有惊无险。

最后爷孙俩只能随随便便吃一点东西了事。

下午,万里无云,阳光普照,爷爷提着锄头下地了。彤彤看着爷爷走远的背影,又转头望望在笼里活蹦乱跳的金鸟,她充满仇恨的脸上漫出难以琢磨的笑容。"哼,爷爷有你这个'二房'新宠,连我都不乐意搭理了,我一定要让你知道喧宾夺主的下场!"

第一招,吃!

彤彤走到笼子那边,用手招了招小鸟,鸟儿将信将疑,眼光直勾勾地盯着彤彤,小心翼翼地挪动了几步。彤彤见势,拿出一粒鸟儿最爱的香米,眼看就要凑到嘴了,鸟儿又迟疑了一下,将头缩了回去,后来几次,鸟儿一动不动,板着脸,不受任何诱惑。

"还成精了你。"彤彤耸耸肩,喃喃自语,"一计不成我还有一计。"说罢,彤彤立刻将自己那一双肥嘟嘟的手伸进笼里,把鸟的翅膀抓住了。鸟儿挣扎着,漂亮的金色羽毛差点被拔下几根。好不容易拧开鸟儿的红嘴,彤彤把一大团饭往它嘴里塞,手指差点儿都戳到了喉根。鸟儿挣扎着,向后退了几步,哽住了,那画面让人看着就觉得生疼。彤彤又扒开它的嘴,把水往里灌,鸟儿的肚皮似乎就要撑破了,溢出的水使得鸟儿全身湿漉漉的。

彤彤离开了,狼狈的鸟儿一头栽在笼里,它耷拉着头,细小的喉咙似乎一触即破,曾经瘦弱的身躯被撑成了球,看起来好像"病入膏肓"。没等爷爷回来,鸟儿竟然一命呜呼归西了。

死了?

彤彤这下急了,怎么办?爷爷回来后看到死鸟怎么办?鸟儿呀,你咋这么脆弱?她急得直扯头发,似乎要拔下一大把,忽然,彤彤眼里闪过一丝亮光:"有了,把鸟儿厚葬,罪行准减轻一半。"

彤彤将鸟儿的尸体平摊在桌上,并且奉献出了七岁那年妈妈给她买礼物的包装纸。彤彤将这自己最珍贵的纸包裹着鸟儿的身体,埋进了后院的土坑。还翻来一块发霉的西瓜皮,上面用刀歪歪扭扭地刻了几个字"金鸟墓"。彤彤越干越起劲,她还学着大人的样子,将偷来的米酒一整瓶全倒入金鸟的墓中,干裂的土地瞬间变得湿润,水全都渗了出来,彤彤还有模有样地用手擦了一下眼睛,装作呜咽的样子:"鸟儿,你安息吧。"

最后,她又为"金鸟"写了一篇"好祭文":尊敬的人们啊,我们一起见证这美好的时刻吧! 鸟儿,您安息在天堂啊! 一定要感恩我给您厚葬!

天空这张白绸子上的金光被挥去,又被染上了深蓝和浅紫,交错在天空。晚上,爷爷身穿被汗水湿透的农耕衣,气喘吁吁地回来了,他一头卧在沙发上,合上眼睛吹着小口哨,可却没有像往常一样唤来鸟儿清脆的歌声。爷爷一骨碌坐了起来,直奔鸟笼,寻找心心念念的金鸟,可笼里空空如也,爷爷厉声喝住彤彤:"说,金鸟去哪了?"

彤彤垂下头,忐忑不安,有些害怕地细语:"鸟死了。"彤彤又突然抬起头,昂首挺胸地说:"不过我将它厚葬了,还写了祭文!"说着,将文章递到了爷爷手里。

爷爷看着看着,苦笑不已,他长叹一声,回望这没有动听婉转歌声的屋子,又瞧瞧空空如也的笼子,躺在椅子上,望着天花板,一言不发。时间从指缝里悄无声息地跑开了,黑色的夜晚悄然降临。

奶奶一回家便看见爷爷无力地躺着,顺口问了一句:"老头子,你咋了?"没人回答,奶奶便转身询问彤彤,彤彤咬着舌,抿着嘴,偷看了一眼爷爷,又低下头小声嘀咕:"我……我把爷爷的金鸟弄死了。"

"啊?"奶奶的眼睛被惊成了铜铃,脸上透着一片惊恐。

"奶奶,我想好弥补的办法了。"彤彤低着头,眼泪争先恐后地涌了出来。

代　价

　　天阴暗暗的,灰色挤满天空,雷声在耳边炸开。竹子在风雨中不停摇曳,颤抖地拍打着窗户。爷爷伏在窗边,用略带沙哑的声音喃喃自语:"我的金鸟,我的金鸟啊……"

　　在接下去的日子里,爷爷茶不思饭不想,满口只念着金鸟,白发在此刻更加明显,似腊月寒冬时苍凉的雪,皱纹凹了进去,硬生生地刻在了古铜色的皮肤上,泪水不经意间流了下来,滴落在破损的衣角。想起那时充满婉转歌声的房屋,想起那金灿灿的羽毛,爷爷不禁眼角湿润。

奶奶将做好的点心放在爷爷桌上。那附着桂香的茶糕,爷爷竟然视若无睹,甚至没有咽一口唾沫。

"老头子,你怎么了?"奶奶急切的目光落在爷爷身上。

爷爷紧抿着嘴,眨了几下眼,仍旧充耳不闻。

奶奶也有些急躁了,不禁埋怨起彤彤,她斜着嘴,眼里、动作间,无不透着无奈:"你说你,怎么把爷爷的鸟给弄死了,关键时刻没脑子,你说你,唉。"奶奶微微叹了口气,眼睛又带一丝关怀不安掠过爷爷的脸。

彤彤眼瞧着日益消瘦的爷爷,不禁心生一计:"镇上剃头店的老头儿不是养了一群八哥嘛,要一只不就解决了。"

说去就去,她一路哼着小曲儿,转过街角,看见潺潺的小溪,跨过桥,走进一家理发店,终于听到了一个细弱的声音微微在耳边响起:"你好,请进。"转过头,发现了一只小鸟儿,它用柔和的声音甜甜地叫着。

彤彤一看就喜欢上了这只小八哥,它的尾巴泛着七彩的光,似初春第一朵娇花染上去的色,身姿也曼妙,油光发亮的小红嘴中发出"吱儿"的声音。彤彤的心此刻似乎被融在了巧克力里,沉浸在这叫声中,无法自拔。

"老板,这小八哥您卖不卖?"彤彤试探着问。

老板夹着烟,点燃了,慢条斯理道:"卖是卖,不过这会说话的八哥起码要三千,小孩,还是回家找妈妈要钱去吧!"

"老板,瞧,这小八哥好是好,可也有瑕疵,您看它腿上有这么多斑。还有,老板,你看我这么个孩子,身上没多少钱,便宜些卖了得了!"趁着老板没应声,彤彤又滔滔不绝地说起来:"叔叔,您五十几了一根白头发也没,越活越年轻了。您真是有爱心啊……叔叔,两千卖吗……"

老板被叫成叔叔,心里一高兴,就答应了。

"怎么才能弄到钱呢?"彤彤托着下巴苦想,"这对我来说可是笔大数目。""有了,干家务,赚钞票。"彤彤的手在空中和自己击了个掌。

第二天中午,看着吃完的一桌子菜肴,彤彤拦住了正准备洗碗的奶奶。

"奶奶,今天让我替您洗碗吧。"彤彤把手背在后面,眨巴着眼,嘟着嘴,脸上积满了笑容。奶奶见她如此不寻常的勤奋,也不知道个所以然,就让她去洗了。半天过去了,碗终于洗好了。仔细看看,碗上还残留着不少菜渣,可洗洁精却被用光了,留下了个满脸泡沫的孩子。出了厨房,彤彤追着奶奶,气喘吁吁:"奶奶,洗碗要零花钱,一块一个碗。"语气里充满了甜丝丝的和气。

奶奶斜眼瞅了瞅,好笑道:"好你个臭丫头,打小算盘啦。"可又一想,花点钱鼓励孙女勤奋做家务也挺好的,就从钱包里取了不少零钱给她,彤彤心满意足地跑了。

下午,太阳似一块圆扁扁的软糖,嵌在天空上,奶奶拿出扫帚,正准备清扫后园。

"不,奶奶,让我来!"彤彤又跑来拦住奶奶。

"这怎么行,满地的鸡粪,你一个孩子扫不干净!"奶奶满脸狐疑,将彤彤推到树荫底下,又走开了。

彤彤拉着奶奶的袖子不松手:"相信我呀奶奶!"接着又可怜巴巴地眨了几下眼睛。

奶奶勉强答应。

于是彤彤干了起来,她伸手抓了一把灰,堆在鸡粪上,用铲子挖干净,可在地上留了痕迹,彤彤用水冲洗了一遍,费了九牛二虎之力清理了这堆鸡粪。可还没来得及高兴,彤彤便一脚踩在背后的鸡粪中,接下来,她只有"金鸡独立"地清扫鸡粪了。

火辣辣的阳光刺入她的皮肤,一串串水珠冒出,搞得整个人狼狈不堪。费了半个小时的艰辛努力,终于清理完地上的鸡粪,彤彤气喘吁吁地跑到奶奶面前:"奶奶,一小时六元。"奶奶叹了口气,脸上闪过一丝心疼:"给,小孩别乱花钱哦。"奶奶也不知道这个孙女在玩什么花样,以前不爱钱的她,怎么忽然开口就是钱呢?难道变成小财迷了?

接下去半个月,彤彤也在艰辛中度过。昔日的嫩手已面目全非,换来一张脱皮了的脏手,数了数手上的钱,只有八百元,另外的钱怎么凑呀?眼看期限就要到了,彤彤心急如焚,突然,她想到了二爷爷——爷爷的小弟。他可是大老板,正巧他儿子小胖成绩在班里"数一数二",要不,当回家教吧!

　　这么想着,彤彤便跑去了二爷爷家,自吹了一番自己的好成绩后,彤彤又是一阵马屁:"'不学礼无以立',不读书就不能通晓天下大事,就不用说经商了,杜甫也说'读书破万卷,下笔如有神',不读书,您偌大的家业可就毁于一旦了,高尔基也提过读书……"

　　凭借彤彤"巧舌如簧"的本领,马上就博取了二爷爷的信任,二爷爷脸上的皱纹都开出花来了,答应付费请"家教"了。

　　"先付费,再上课。"彤彤说。

　　"好,好。"二爷爷笑着,想这个小孙女可不得了,精得很。

　　很快,一千两百块钱便到了手,彤彤拿着沉甸甸的钱迈进了理发店。还有一股陈味的钱里,含着彤彤太多太多的汗水。换小八哥时,彤彤有些迟疑,用这么多心血换的钱只为买一只鸟,真的划算吗?她眼前浮起水果店里那诱人的香甜糖果,可又想到了日益消瘦、面目无光的爷爷,她立刻接过装在笼中的八哥。

一路婉转歌声消磨了她这些天的艰辛。回到家,彤彤将笼子放在窗边:"你好,你好!"清脆的鸟叫声在房子里响起。

爷爷一脸吃惊,怜爱地抚摸着小鸟温暖的羽毛,浑浊的眼睛里终于泛起了一丝光泽,消瘦的脸颊也绽放出了笑容。

躲在墙角的彤彤看到这一幕,不禁滑过两行幸福的泪花,透过指尖,滴在地上,绽开了晶莹的花。她决定,以后再也不惹爷爷伤心了。

鸟儿的"你好"声回荡在这充满温情氛围的空气里,彤彤似乎安心了很多,在楼上的房间里幸福地睡着了:这回自己终于做了一件好事,做了孝顺爷爷的事,可以心安睡一觉了。

鱼儿的风波

　　月光冷冰冰的,薄薄一层铺在水面上,水波摇曳着,粼粼闪光。微微晃动的水面倒映出一个高大的身躯,挽着裤角,拎着大桶,背脊略略弓起,手脚都有龟裂的痕迹——这是胖胖妞的父亲。桶里时不时溅出几朵水花,几条鱼儿活蹦乱跳,扑棱出阵阵水声。

　　回到家里,胖胖妞肥大的身躯挤上椅子,等待着从那厨房里飘来的第一股鱼香。五分钟,十分钟,一刻钟,半小时,终于,父亲从厨房出来,端出个盛得满满的盘子,胖胖妞的眼睛中随之出现了几道亮光。哇! 鱼尾儿弯弯的,银灰色的纹理泛起光,一片片鱼鳞不见了,淡灰色的身子发出淡淡的香味儿。胖胖妞一把夺过盘子,拿起筷子闷头就吃。

天上月亮还是冷冷的,亮亮的,时不时被飘过的黑云遮住月白的身躯。满桌的杯盘狼藉,只余香味在空气中飘荡,彰显着鱼的美味。

百无聊赖的彤彤跑进被树林掩着的小木屋胖胖妞家寻乐子,她进门先闻到一股浓郁的香味,接着映入眼帘的是胖胖妞身前只余几块散碎鱼肉的盘子。

"给我吃点吧。"彤彤眨巴着眼,嘟着小嘴,脸上微微泛起红晕。

胖胖妞第一次在彤彤面前感到得意扬扬,嘴角向上,踮着脚尖,用眼睛白了白彤彤:"我可吃过了,你这个城里的孩子要吃乡下穷人的口水吗?"

"你,"彤彤有些气急败坏,指着她的鼻子,叉腰喊,"哼,下次我妈带来好吃的东西也不给你吃了!"说完,转身气愤地跑了。

她憋着一口气儿冲到家里，使劲把爷爷从床上拉起来，凑在他耳边，深吸了一口气，然后大声喊道："爷——爷，我要吃——鱼！"

爷爷拉开冰箱看了看，又去厨房水缸找了找，却什么也没瞧见，只得问："她奶奶，咱家还有鱼吗？"

奶奶拐着腿跑过来，喘了口气说："谁想吃鱼了呀，好几天没买鱼了！"

彤彤听着这话，抱着爷爷的手紧了紧，眼泪"唰"的一下就从眼眶中冲了出来，哭喊着："我要吃鱼，呜呜呜呜……"

爷爷皱着眉，苦着脸，脸上的皱纹更加深刻地凹了进去，哭笑不得地说："我的小祖宗呀，咱家现在没鱼呀，要不您吃了我吧！"

彤彤理也不理，一个转身就跑进了房间里，反锁着门，怎么敲也不开。

鸡鸣迎来了第二天的黎明，天际的鱼肚白渐渐被火热的太阳所染红，天蓝色的绸子上融入了玫红、火红……

五点刚过一刻,彤彤便缠着刚要出门种菜的爷爷,嘴里嘟嘟囔囔着两个字眼:"鱼儿,鱼儿……"

"唉,今天村里选村委,爷爷千千万万也不能错过呀!改天一定帮你买十条二十斤重的鱼,乐坏你!"爷爷脸上略带焦急,生怕选村委迟到。今天爷爷穿了一身新衣裳,油光的头发梳得整整齐齐,脸上洗得干干净净,一双乌黑发亮的新皮鞋踏在地板上。

彤彤眼里的泪水积蓄着,溢到了眼角,嘴紧闭着,沉默。好一阵子,她开口喊:"你不买,我让奶奶去!"说完,彤彤转身就走。

"嘿,别,别去,"爷爷一把拉住彤彤,"你奶奶前些天骨裂刚好,腿还没利索,我们这儿离市场十几里,你让她一个老人家一个人走这么远,放心吗?明天呀,爷爷就给你买!"说完,立刻出门了。

彤彤喃喃自语:"大人都是骗子,一群骗子!"求人不如求己,她决心自己去摸鱼。

彤彤回到房间,嘴里念念有词:"我没有网,可是抓鱼没网不行,不过这点小事肯定难不倒我!"想完立刻拉出抽屉,拔出三个塑料袋,用刀子小心翼翼地戳了几个大口子,几张破烂不堪的"网"被她得意地拿在手上挥舞。

她叫来胖胖妞,自信满满地让她和自己一起去抓鱼。

在浅浅的小溪边,她们甩掉了自己的脏鞋,赤脚在冰凉的水里踩着,水花溅在卷起来的裤角边,而那几个塑料袋被她们遗弃在水里,任由它们随波逐流。而孩子们在水面不亦乐乎地打着水仗,水花溅过胸脯,浸湿衣裳,头发也被水花打湿,软软地贴在脸颊上。她们拨开溪尽头的嫩绿柳枝,赤脚爬上小山坡去玩耍。时间飞快流逝,影子随着渐落下西山的太阳越拉越长,夜色渐渐浓起来,天边的山峰都悄悄隐进了黑暗中。只有两个孩子清脆的笑声在田野里回荡。

爷爷没选上村委,心灰意冷地回了家,想找乖孙女出来安慰一下自己,可叫了半天却一个人影也没见着。爷爷急了,跑出去挨家挨户地问,不放弃一丝线索,连奶奶也拐着腿,大汗淋漓地东奔西走,四处询问。爷爷红了眼圈,满头的汗水将他那梳得整整齐齐的白发浸湿了。夜晚风变凉,似利剑,一阵阵扑打在脸上,将人打击得更加苍老。

彤彤应该不会出事吧?

寻　觅

"哎！老爷子，我知道你孩子的下落！"一个身材健壮如牛的大汉拦住了正欲回家的爷爷。

这人黑得像炭，嘴角上方有一颗红彤彤的痣，整个人看起来流里流气。这人，虽力壮如牛，却整天无所事事，游手好闲，只能靠到水塘里摸点泥鳅过活，时而顺手摸瓜，所以他是村里的老光棍，也是村里的"老害"。

爷爷刚听了几个字眼，便满脸欣喜，像看到救星般兴奋，使劲摇晃着"老害"的胳膊，喘气也顾不上，赶忙问："我孙女到底在哪？"

"停！停！""老害"挣脱了爷爷的手臂，靠在扶手上，"您老别激动，我看见您孙女几个人在溪水里玩得欢呐！我叫还不听！小孩子在水里玩最容易出事了，你知道吗，隔壁村一口气淹死了三个……"

爷爷没搭理他，连忙拔腿，满头银丝被风吹得凌乱。风似一把泛着雪光的利剑，刮擦着他苍老的脸颊，一丝绝望和恐惧缓缓浮现在他脸上，所有的电影坏镜头一一放映在他的心的幕布上，感觉整个人都冰凉了，走路都没了心力。

终于到了河边，就见一双被水浸湿的鞋子安安静静地躺在岸边，似乎等待着爷爷的到来。

爷爷看到这一幕，彻底崩溃了，他双腿打着哆嗦，似一个蹒跚的孩子，脸色愈加难看，从青到绿，从绿到紫。他的喉咙里似乎卡了东西，虽然没有老泪满面，但那泪水在泛红的眼眶内不停地打转，双手时而紧握时而伸开。皱纹如同藤蔓，布满爷爷的整张脸。自责、痛恨、后悔从眼神中透露出来，千万条思绪乱涌在心头。爷爷无力地瘫坐在地上,怀里捧着彤彤的鞋,默默流泪。

许久,爷爷用发抖的手臂掏出手机,用尽全身力气拨打了彤彤爸妈的电话,朝着那头一字一顿,声音微弱,有些颤抖:"孩、孩子,下水,游泳,找不见了……"

"什么?"电话那头的妈妈将手机摔在地上,她的心已经落在了悬崖,摔成碎片,她呆呆的,心中有一万个"不可能"闪过,脑子里浮现的全是彤彤昔日的欢声笑语,真的回不来了吗?

爸爸更是着急,一向平静的脸急得泛红,他匆匆忙忙地问:"爸,您怎么能放心让她一个人去河边玩?"焦虑过后,又是安慰,爸爸的内心此刻是如此凄凉、矛盾,既怕老人因自责而病倒,又怕永远失去孩子,此刻,他只有开车,快马加鞭赶到那儿了,不,那不是赶,是"飞"回来的。

现在,只有拐着一条腿的奶奶最清醒了,她一边哭喊,一边找来大叔大妈大婶大伯帮忙寻人。

不一会儿,河边便挤满了人,大人手上都拿着一根冰冷细长的晾衣竿,仔细地顺着河边找人。爷爷心中又燃起了希望之火,相信这么多人总能找到他的孙女。

"这边死角有可能!"

"哎,那处深,最危险,肯定有!"

"中间也可能,鞋都有。"

"哎,看来是凶多吉少啊!"

人们匆匆忙忙,可仍旧一无所获。

爷爷并没有死心,他一个人拿着晾衣竿,一步步挪进,在河滩里充满绝望地嘶吼着,呼喊着……

大地沉默着,似乎也感受到了老人的凄凉的心。

所有人都在叹息,爷爷的灵魂已经在崩溃的边缘,他的眼睛灰暗暗的,似乎所有的美丽都被打破。他,已经全身麻木了。

彤彤爸爸赶到了,他并未心灰意冷,他拨打了110,希望警察的到来能歼灭一切绝望。

"嘟——嘟——"警车十万火急赶来,警察二话不说,扔下外套,一口气"嗙"一声跳入水中,没多久,一个瑟瑟发抖的警察便哆嗦着上了岸,水有点冷,他忍不住打了几个喷嚏,摇了摇头。

爸爸心中唯一的希望被水扑灭,妈妈用手掌遮住脸颊,痛哭流涕,哭声惊动了四野。

众人唉声叹气,一边儿安慰着彤彤的家人,一边儿叹息这如花的生命又淹没在水里了。

而此时,彤彤正雀跃地跑下山呢!那响亮的警车声怎能不吸引她呢!她的头发杂乱,满脸灰尘,连牙上也残留着黄沙的痕迹,整洁的白衣也早已被染黄,她可不顾这些,赤着脚向警察呼喊,满脸兴奋:"警察叔叔好!"

这下,众人都惊呆了,爷爷更是瞪大了眼,抹了抹,眨巴着,难以置信地从彤彤乱兮兮的脑袋,望到她光着的脚丫。

爷爷愣住了,青紫色的嘴唇微微张着,动了几下,呆呆地望着满脸欣喜和得意的彤彤。

惊魂的两个小时过去了,所有的家人相拥而泣,这泪水,是失而复得的惊喜,是对上苍的感激。

只可惜,从此以后,彤彤的脚再也沾不到清澈的河水了,她被家人明令禁止独自一人靠近河边。

如诗如画的河呀,以后只能存在于彤彤的梦里了。

一场虚惊

一道金光划过天际，拉开了黎明的窗纱，裸露出一颗剥了半个壳儿的鸡蛋般的太阳。从橘黄至艳红，金光弥漫大地，亮得人无法睁眼。清晨的阳光似一缕缕光滑的发丝甩进课桌，桌边椅子上坐了个赤脚的丫头，一头蓬乱的头发，似一个乱糟糟的鸟窝，她嘴里叼着一根棒棒糖。定睛一看，不正是彤彤吗？

彤彤双眼炯炯有神，贪婪地将书上的文字吸盘般印在脑海，时而长叹一声，痛苦地抿嘴，举止间有悲伤，有痛苦；时而嘴角上扬，脸上泛起柔弱的红晕；时而拍案叫绝，欣喜爬上眉梢。

好久，好久，她松了一口气，咽了一口唾沫，眼中闪动的光芒也渐渐退去。合上书，四个橙色的大字"夏洛的网"映入眼帘。看着封面上睁着大眼睛的可爱蜘蛛，彤彤紧皱眉头，眼里有一丝忧虑，又有一份迫不及待的渴望，细细的手指搅和在一起，口中喃喃自语："蜘蛛到底肚子里有没有丝线？从小到大，爸爸从不同意我靠近蜘蛛，难道有秘密？难道蜘蛛真的能织网写字？……"

她紧握拳头，牙齿紧咬嘴唇，心里像是有个老者用和蔼的声音催促她前行，可父亲那张严厉的脸一直在心头闪现，最终，彤彤决心奋勇向前，将目光投向爷爷的渔网，又望望远处胖胖妞的家，直起身板，顺手牵着渔网，拖着鞋跑去找胖胖妞了。

她们在院子里，神情严肃，屏住呼吸，树叶摇晃的声响在耳边也如此响亮，一根根汗毛都直立了，晶莹剔透的汗珠划过前额。

她们小心翼翼地向前挪动了一步，又一步。大约过了五分钟，她们才慢慢磨蹭到一只蜘蛛的跟前。彤彤匆匆用手挠了一把后脑勺，收回的双手情不自禁地抖动，左眼皮直跳着。

"啊!"随着一声惊叫，蜘蛛跌落在渔网里，网竟也应声落地。彤彤双眼无神，只是勾勾地眨了几下，手还是不停地抖动，像是犯了无法弥补的滔天大错，过了许久，才如梦初醒。

"胖，胖妞，您，您来抓吧……"彤彤僵硬地微笑，"我，这不是做了一次重如泰山的巨大贡献吗?"伙伴之间不禁推诿起来。彤彤的双手依旧颤抖，她看见，那凶神恶煞的眼睛，是蜘蛛;那八只尖锐的腿，是蜘蛛;那全身长长的黑毛，是蜘蛛……彤彤的脚不听使唤，像两根瘦弱的竹竿子，不住向里靠拢，既不能向前一寸，也不可后退一尺，渐渐地，泪水竟悄悄润湿了眼眶。

过了一会儿，大概是又想到夏洛了吧，无形中一股力量将她推向前方，彤彤伸出手一把揪住蜘蛛肥大的肚子，可没什么防备的彤彤竟然不小心被蜘蛛狠狠咬了一口。蜘蛛被重重地摔在地上，彤彤却一眼也没看手指，就匆匆从奶奶抽屉里拿出厚厚的手套,大摇大摆地叉腰走出。此刻的彤彤焕然一新,完全没了丧气,她慢悠悠地抓起蜘蛛,像是捉迷藏,擒了又纵,纵罢即擒,一直等到蜘蛛没了力气,她才牢牢抓住蜘蛛,拨动着它的小腿。胖妞投来惊讶与不可置信的眼神。

彤彤得意扬扬地回家,摸索了一阵爷爷的私人"仓库",精挑细选出一只中意的瓶子,将蜘蛛在空中摇摆几下,然后"唰"一声将蜘蛛投入瓶中。

彤彤一站在瓶子前,抿着嘴,眨了几下眼睛。她拿了根竹签,瞄准蜘蛛的肚皮,轻轻戳了几下,一脸好奇,嘴里小声嘟囔着:"蜘蛛啊蜘蛛,你到底会不会织网写字啊,快写一个我看看啊!"彤彤只顾手头的蜘蛛,却没注意到身后有个人,此刻已是一脸酱紫色,鼻孔扩大,冒出来的白烟在空中蹿了几下又消失,眉毛打了个死结,松也松不开。他扫视了杂乱的四周,眼里的怒火又加了些油,烧得更旺了。

"彤彤!"爷爷一把拉起彤彤的小手,正准备训斥。

彤彤却挣扎着缩回自己的手:"痛,爷爷,痛!"

　　爷爷一眼就看到了那红肿的手指,心像被撕开的碎布,刚才的愤怒,马上便被抛到了九霄云外:"哎哟,我的乖乖孙女,你可别出事了,爷爷一大把年纪,经不起呀,告诉爷爷,咋伤的?"

　　彤彤瞟了一眼满脸急切的爷爷,难言地低下头:"给蜘蛛咬了。"

　　"什么!"爷爷仿佛正头挨了一棍,赶紧拨打了彤彤爸爸的电话:"孩,孩他爸,你女,女儿,她被蜘蛛……"还没等爷爷说完,爸爸就挂断去拨打了120。

　　"嘀嘟——"二十分钟后,救护车到了,谁也没注意,当彤彤被抱上救护车时,她用肥嘟嘟的手伸进瓶中,将蜘蛛掏出,放入口袋。

　　车上,爸爸将女儿的手一个劲儿抚着,妈妈朝着红肿的手吹着,坐在后边儿的爷爷时不时将头往前探……

　　到了医院,彤彤立刻被拉进急诊室,所有人都认为彤彤中毒了,当医生拿出一支短铅笔长度般宽的针筒时,彤彤突然颤抖着掏出蜘蛛。

"这……"医生松了口气，"这蜘蛛无毒，只要抹些药膏就没事了。"

此刻，爸爸的眼瞪得圆溜，愣了一下，才舒了口气，将还在啜泣的彤彤拉出诊室："这回别再去爷爷家了，上回是下水差点溺死，这次又被蜘蛛咬了，你知道你爹心脏不好，怎么还让我这么操心呐？"

彤彤死活拽着爷爷手不放，抹掉了刚刚啜泣时的泪，嘟着嘴："我就是不回去！你那有烤鸭吗？有草地、有绿树蓝天吗？城里环境不好，全是汽车尾气，会影响身体……"

"停！"爸爸有些无奈地扶额，走到爷爷面前，紧紧握住爷爷的手，"爸，彤彤给您照顾，她如果不听话，好好管教，辛苦您老人家了。"说完又焦心地看了看彤彤。

爷爷回忆起这个小孙女曾经被乌龟咬过，被松鼠咬过，被黄鳝咬过……这是一个女孩子吗？

在后来一个多星期的日子里，彤彤都战战兢兢的，时不时心有余悸地看看红肿已经消退的手指和树头还在织网的蜘蛛……

枇杷树香

"哎,哎,大娘,彤彤她——"爷爷房前跑来一个瘦骨嶙峋的孩子,双手放在膝盖上,粗粗地喘着气。

"别急,慢慢说,彤彤她怎么了?"本来镇定自若的奶奶一听有"彤彤"这两个字,脸上立马浮现出一阵焦虑,脸上的皱纹像是被刀子刻深了几分。说不让她出去玩,这会儿一眨眼又不见了,该不会又去玩水了吧?

"她又跑河边玩了!"小孩叫道。

"什么?"奶奶一听到河,就像摔倒在仙人掌上,一下子整个人立了起来,一只手使劲垂着背后弯成小丘陵的脊背,一只手小心地拄着杖,向河边奔去,背影看着焦虑而沧桑。

而彤彤,此刻正在浅浅的溪里玩得不亦乐乎。正是初夏季节,浸泡着那冰凉的溪水比每天吃十根棒冰更惬意呀!彤彤正玩得开心,却冷不防被一只手大力拎到岸上。

彤彤吓得半死,脸色一瞬间苍白,提心吊胆地回过头,发现是奶奶,一瞬间担心害怕就消失了。脸上刚飘出喜悦,"奶奶"还没来得及叫,就被那旋转180度的拎耳朵法止住了。"好奶奶,哦,不,我那貌美如花杨柳细腰沉鱼落雁的奶奶呀,我可是您亲孙女,就一个哩!您还打,现在教育局规定啊,那个……哦,第三十六条,不能体罚孩子。要不是……"

"行了行了!"奶奶瞟了一眼彤彤,有些哭笑不得,俯下身用手擦了擦满是灰尘的花鞋,给彤彤套上,牵起她的手一边走,一边谆谆教诲,"你爷爷这老教师不经常说《孝经》吗?里边呀,开宗明义第一章就说,要养父母之身、之心、之志吗?你哪天让我和你爷爷省心了?我们都一把年纪了,腿痛腰又酸,经不起折腾了,你爸妈也辛苦,你怎么一点也不听话呢,又来水边玩了?"

"奶奶,我错了。"彤彤认错和吃糖没啥区别。

回到家,彤彤便把自己关进房间,是谁告的密? 胖胖妞? 不可能,她可是我死党,更何况她那胆小样! 可究竟是谁?

彤彤一肚子委屈钻入被窝,她并未闭眼,只是气鼓鼓地嘟着嘴,斜着眼,哼,不理爷爷奶奶了,我这么孝顺,又不做坏事。老师也说,顽皮是孩子的天性,我这么听话,还天天挨批,要不是死活恳求爸爸让我留下来,爷爷奶奶孤零零的,还没乐子呢!

突然,一串急促的脚步声传入耳边,接着就有人推门而入,彤彤"唰"一下探出脑袋,闭上眼,安静地睡在软绵绵的枕头上。

"彤彤,彤彤?"爷爷试探地叫着,过了好久彤彤也没有反应。其实,她的耳朵一直在动,将每个音都收入大脑,可她生气了,胡思乱想,就是不想理人。

趁彤彤"睡"着了,爷爷奶奶互相搀扶着坐到一旁的椅子上,奶奶深情地望了望彤彤,有关切,也有无奈,她紧握爷爷的手:"老头子呀,你说,这彤彤天天给咱闯祸,该咋管?"

爷爷走到彤彤床前,将彤彤额前翘起的一撮头发捋了捋,彤彤使劲咬住嘴巴下的肉,生怕出了声。

"咱亲孙女,也不能打呀,最多把她关在屋里。"

彤彤听到这里,心里像坠落一个球,还满是火焰,烧得人怒火攻心。这个坏爷爷,剥夺了我的自由,太坏了!

"今天呀,彤彤又去玩水了,你说这孩子,见水像见命根子一样,不让去非去,不听话——"

还没说完,爷爷就插了进来:"又玩水?"

见他满脸惊恐,奶奶笑道:"唉,多亏了那小男孩,跑过来告诉我。"

"原来呀……"彤彤紧握拳头,控制不住自己,她的脑海里浮现出了个果子,像琥珀般晶莹剔透,枝头上簇拥着几朵圣洁的小白花——是枇杷。这不是小瘦哥常挂在嘴边的吗？到了明天，哼。

　　爷爷奶奶又说了一会儿话就出了房间，彤彤于是顺势坐起身默默筹划自己的"大计"。

　　第二天一早，阳光明媚，清晨的第一缕阳光洒进房间，亮丽而高雅。彤彤不同寻常，七点钟就穿戴整整齐齐，小步挪动，东张西望，手塞在白衬衫下，一个方方的东西将本来平平的肚皮撑得圆圆的，鬼鬼祟祟一溜烟跑出家门，召集了胖胖妞和小胖墩一起到山坡上。

　　彤彤站在两人跟前，将手插在身后，一脸得意地说："今天给你们个福利，你们想不想吃甘甜的枇杷呀？今天小瘦哥不在家，他家的枇杷树，长得奇好。那光滑粗壮的树干，十个胖胖妞都抵不过。枝头青的、黄的枇杷，有八九十个，十里外都能闻到香甜！"说着，用手比画了个枇杷，一斜眼，发现胖妞一边儿咽唾沫一边儿摸着自己扁扁的肚子，于是更加得意了。

　　最后，她背过身，假装神秘，将一盒水彩笔晃悠了半天，拿了出来，"这笔一共二十四支，你们去用竹竿把枇杷打下来,不仅枇杷给你们,而且谁打得多,水彩笔就多给谁几支。"

彤彤刚说完,两人就跑下山坡各自寻了根长竿,闯进小瘦哥家的大铁门,大步跑入后花园,直奔枇杷树。而彤彤还在半山坡上缓缓慢行,眼里、嘴角,带着喜悦、骄傲,以及一丝若有若无的嘲笑,这叫"借刀杀人"。

胖胖妞和小胖墩在枇杷树下争得可起劲了,谁不想多得些?抡起袖子,摇摇晃晃地举起长竿,"嘿"一声,砸下许多,连枝带果,果子落在地上,"炸"了开来,青绿的皮包裹着透红的果肉,在地上绽了开来,汁水粘在地上。风吹过,树枝轻微摇曳,枝头只残留几颗青涩未成熟的果子。

彤彤早在身后笑开了花,走上前拍了拍他们的肩:"唉,谁把这枝叶都打下来了,这好端端的树变成了这样,要是我跟小瘦哥说,你们——"瞬时,彤彤又从腰间取出彩笔,放在两个人眼前摇了摇。

两人顿时脸色大变,面如土色,比吃了断肠丹还惊恐,连忙摆手:"不,不,彩笔我们不要了,别把秘密说出去,我们便万分感激了。"

"这……"彤彤的喉咙里刚卡出一个字眼,胖胖妞就把手里所有熟透的枇杷全推给了彤彤。

竹林里一片幽静,只不时传出着孩子们的欢乐的歌声。突然,有人发出一声大吼,随后一阵啜泣声:"谁偷了枇杷?"小瘦哥愁眉苦脸,垂头丧气,全没了平时的威风。

全场寂静。

"我知道。"一个身影在风中站起,声音如此洪亮、清脆,胖胖妞的心提了上去,看了一眼身旁站出身的彤彤,吓得不敢说话。

小瘦哥的脸立刻转过来,看着彤彤。

"不过,你没听过天下没有白吃的午饭吗?"彤彤歪着头,眼睛朝小瘦哥闪了一下。

这小瘦哥傻乎乎的,抓着干皱皱的头发团,问:"白吃的午饭? 午饭肯定不用问呀,吃了饭长身体,不可能白吃呀,什么没有白吃午饭,连傻子都知道呀!"

彤彤翻了翻白眼,喃喃自语,看来讲暗示这小子是听不明白的，就直白些吧。彤彤转过身："我是说，我不会轻易泄露机密，除非——"彤彤故意停顿，顿了顿嗓子："除非把你那本小画册给我，不然我才不会告诉你！"

小瘦哥大概是被着急冲昏了头脑，没有注意到彤彤脸上的奸笑，奔回家拿起本子穿过树林就往彤彤怀里塞。

彤彤拿着画册掂量了几下，踮起脚，在他耳边放低了声音："那天树下，我看到两个身轻如燕的黑衣人在院外徘徊，突然一蹬脚，没等我看清，这两人就进了门，我十分惊讶，难以置信地擦擦眼睛，再定睛一看，两个黑衣人已经了无踪迹，只有大片掉落的枝叶，一个枇杷也没了……"

瘦小哥苦思冥想，啊！这动画片里出现过！又缓了一阵，终于一拍脑袋，这根本不可能存在！一转头，彤彤早已没了身影。

"哈哈哈……"空旷的大地上飘着银铃般的笑声，把瘦小哥的脸皮都扯变形了呢。

惹事弹弓

"喔——喔——"拂晓时,院内传来啼鸣声。一只公鸡昂首挺胸地走着,颇有几分当年租界的外国警察巡逻街道的样子。那几撮头发,有的舒展,有的紧粘在一起。阳光蒙着一层雾,在羽毛边缘一刻不停地织着金色花毯,琥珀红,嫩芽绿,柠檬黄,更衬得公鸡精神焕发。

爷爷今天红光满面,似是有开心事。他扭了一扭胸脯前的领带,蓝色的背心将他那被阳光晒成青铜色的皮肤裸露出来,神采奕奕,完全看不出是六七十岁的老人。他转过身对彤彤说:"来,彤彤,最近很乖呀,连续三天没给我惹事,变听话了。"爷爷摸着彤彤的短发:"等过年了,爷爷就把鸡宰了炖汤给你喝。"

彤彤趁热打铁:"爷爷,你看我这么乖的份上,赏我个假,让我闭门思过前玩个痛快,我会拘束自己的言行,不玩水,不打斗,不争抢,禁哭,禁走失,禁打骂,放心吧爷爷,我的脸皮才没有三尺厚呢,我在外边净给您长脸,净给……"

爷爷被彤彤哄得开心,放了她一马,让她去了。

彤彤跑了出去,被夏风拂过的她心早就神游了。哇!她看见哥哥的弹弓,两个新牛皮筋绑在一起,打了个漂亮的活结,用手一弹,轻盈地在风中飘洒舞姿,"丫"形的树杈,树皮被刮了,摸上去光溜溜的,还刷上了一层棕色的漆。

她按捺不住激动的心情,跑去对熟睡的表哥大吼:"表——哥——,弹弓!"表哥脸扭曲成七块,鼻子紧粘在中间,眉头紧锁,扔了个崭新的弹弓,将彤彤打发走了。彤彤万分欣喜,好似喝了一大罐蜂蜜般喜悦。这弹弓上,还有几颗钢珠子呢!

彤彤想着想着,突然感觉身上穿了一套军装,自己是小兵张嘎,面对敌人的包围圈,临危不惧,用草掩护,在地上不断地翻滚中,用弹弓取得一次次的胜利,打得敌人头破血流,落荒而逃;又觉得自己是王二小,将敌人引入重重包围圈,当最后一个敌人用枪指着自己的额头,自己十分机智,突然生了一计,拿出弹弓将敌人的眼珠打烂,再夺过手枪……就这样,自己就成了万民敬仰的英雄!

一路傻想,一路练习本事。

她用小树做靶子,可她这身板太弱,连皮筋也难拉动。忽然间,彤彤想到了古时候的英雄,身上发出的那别具一格的风范激励了她。她的眼睛瞪得大大的,脸涨得发红,细瘦的脖子上一块骨头都凹了进去。皮筋终于缓缓地拉开了,可没等瞄准,手一松,"子弹"就软趴趴飞出去了,树枝完好无损地挺立着,似乎在嘲笑彤彤的弱。彤彤脾气急,头发都快气得竖起来了,只好放弃,不再练习。

她在树林子里溜达,找到了一个鸟巢,窝里探出细腻的黄毛和蓝眼。彤彤眼睛一睁一闭,嘴角流了一滴水,咽了口唾沫,深呼一口气,"砰"一声将钢珠射了出去。

"哎哟! 哎哟!"彤彤大吃一惊,用小拇指通了通耳朵,难以置信:"鸟会说话? 我有了比法布尔还牛的发现? 难道我有超能力,能听到动物的声音?"

她抬起头,鸟儿不都在沉睡吗? 正在疑惑间,突然耳边传来叫骂声:"你这小东西,不想活了,有没有家长……"

彤彤从未遇到过如此蛮横的人,眼泪"哗"的一下就流了下来,小心翼翼地转过头,更是吓了一跳。只见那人头上痘痘布满,肚下肥肉与大腿连一片,鼻子扁塌塌,至于眼睛,站在他前面五厘米也瞧不见睁开,要不是露出满口黄牙,人家还真以为看不出来这是一张脸,这就是他们村家喻户晓的"癞皮光棍"李大仙。据说此人善于装神弄鬼,善于讲鬼故事,因此在村里,所有的小孩子对他都敬畏三分。

被他惨骂了半个小时,彤彤再顽皮也是城里出来的,平时的生活像在化掉的热巧克力般甜蜜,哪受过这种委屈? 这半小时,使彤彤心灵从纯白褪了色,一个个脏字触痛了她幼小的心,"报复! 报复!"她咬牙切齿。

待"癫皮光棍"李大仙消失在去小镇打麻将的路上后，彤彤决定把自己的神枪手本事用于对付他家的鸡：哼，我把你家的鸡都打死算了。

谁都知道，彤彤的个人癖好就是"逗"鸡。她掩在草丛里，将一点点风吹草动都听在耳里，将钢珠夹在指头缝里，心里默数"三、二、一"，"噗——"母鸡转了几个圈，不动了。

彤彤走上前为母鸡翻了个身，发现一个鸡蛋留在母鸡身下，这只母鸡死在伟大的事业上，光荣殉职。

彤彤觉得，此刻自己紧抿的嘴唇里似乎有几个小孩用腿狠命地往外踹，最后还是按捺不住了，在草堆里露出牙齿大笑。她扔掉了盖在自己头上绿里发黄的草垛，准备去叫自己的小伙伴准备"庆功会"。

就这样，彤彤用自己的弹弓成功"击败"了"癫皮光棍"的三只鸡，打破了赵大爷院子里的一个瓦罐，把李奶奶家的玻璃给打破了一大块……所到之处，狼藉一片。

夕阳西下，她带着胜利的喜悦出现在爷爷家院门口，听到了里面嘈杂的声音：

"老爷子，你家里的小妞把我鸡弄死了，赔——！"

"樊老师，你家孙女把我的玻璃给打破了，这孩子真该管教一下了！"

"是啊是啊，老爷子，我家的瓦罐又没碍到她……"

……

彤彤似乎看到了爷爷的苦瓜脸，似乎看到了奶奶愠怒的眼睛，感觉后背发凉：这下问题大了去了，怎么办？

半个小时过去了，半院的唾沫星子换来了平静。彤彤被罚半个月苦力，一星期禁足，严格执行，否则严惩不贷。

彤彤面壁思过三小时，然后郑重其事地在自己的小花型日记本上写下一行字：

从今天开始，要好好学习，不惹事，不做危险事。

之后的好长一段时间，弹弓都藏在那柴房的墙缝里，一直没人理睬了。

板栗的诱惑

被禁足一周,彤彤只好做奶奶的尾巴了。

"卖——板栗!"大街边上的小摊贩吆喝阵阵,板栗的清香传遍街头巷尾。

只需往街边瞟一眼,便能看见用棕黄的牛皮纸裹起的板栗,油光儿透出了纸袋,板栗的香味传至很远,伴着路边的野花甜腻的香气一起钻入彤彤的鼻孔。

彤彤闭上眼,舌头舔舔嘴唇,咽了口唾沫,细细品味着空气中混杂的板栗味,向板栗小摊投去贪婪的目光,恨不得马上把板栗塞进嘴里。她扯扯奶奶系在腰间的蓝绸带:

"奶奶,我想吃!"

奶奶用龟裂的手掏了会衣兜,刚要用沙哑的声音喊出"好"时,突然发现自己掏出一卷皱巴巴的白纸巾。哎!没带钱。奶奶抚摸着彤彤的头,用手撑着腰,蹲了下来,拍拍彤彤的肩膀:"唉,彤彤,宝贝儿,乖孙女,奶奶今天没带钱,明天给你买两大袋!"奶奶的"两大袋"说得斩钉截铁,但是彤彤却以为那多半是缓兵之计,只是大人的惯用伎俩。

奶奶本来以为彤彤会爽快地答应,可今天,她只是紧拽了一会儿奶奶的衣角,没说话,全神贯注地盯着一个人。从她的目光望过去,是个五岁的小孩儿,头上只有几缕毛发,垂在后脑勺。彤彤喉咙不停咽着唾沫——那小孩儿在吃板栗!他用两颗嫩嫩的小白牙小心翼翼地在板栗上咬个印,接着就开始"运气功",脚用力踩在地上,用大拇指和食指用力按在板栗两侧,然后用小虎牙轻轻一咬,壳弹开,露出了金黄的肉,剥开,再用指甲一抠,板栗就被翻出来,然后被塞进嘴里。

彤彤舔了舔牙齿,什么味也没,唉,一点板栗的气味也没有！这激起了彤彤心中对于板栗的无比向往。

"奶奶，您向别人借钱买嘛，以后还就是了。"彤彤望着奶奶，眼里的渴望亮晶晶的。

可就是不走运，环顾四周，形形色色的人走过，偏偏一个认识的人也没有。奶奶看着彤彤那双眼，不忍心直白地拒绝，紧攥拳头，思绪开始涌动。

倒回去想想，怎么会没带钱呢？出门之前彤彤催促之间，茶几上放着昨晚准备的钱了，可怎么没了？丢了？纸巾当成钱拿了……现在想，也后悔莫及了。经过几分钟，奶奶终于忐忑不安地走到小摊前，一个年轻男人立刻打起精神来，脸上堆满笑。

奶奶紧紧拉着彤彤的手，说："那个，小伙子，你还认识我吧，嗯……那个，去年——"奶奶越说越害臊，最后声音成了蚊子叫了。年轻男人疑惑的眼神让奶奶很尴尬，红色慢慢爬上眼梢、脸颊，最后她止住了话头，扯着彤彤就离开了。奶奶脸皮薄，不好意思胡扯开口借。

背后传来一阵阵叫："大娘哩，别走！"

奶奶越走越快,而彤彤眼里闪烁着对板栗的无限眷恋。

一定要吃到板栗——彤彤似乎是下了决心。

到了村里边儿,彤彤立刻迈开步子,将奶奶甩开了。她转了个身,朝黑子家跑去,她一把抱住黑子瘦小的身躯,盯着他乌黑闪亮的眸子:"黑子,能给我个板栗吗?朋友之间,好东西要共享!"

黑子提着一袋板栗正准备回家,像往日一样,沉默不语,将身后的彤彤视若无物。彤彤一把拉住他:"好哥哥,给我板栗,最小的一个就可以!"黑子转过身,嘴巴紧抿,两边渐渐凹进。暑假这么长时间,彤彤只听到黑子曾若有若无地"嗯"过一次,黑子的嘴,真是被强力胶水粘了三百六十五层,不然,怎么一年都不说话。终于,熬过漫长的等待,黑子终于张开了干裂的唇,动了动。站在他身边的彤彤并不确信他真的说出声了。他向空中做了个扔的手势,彤彤眼睛立刻冒出星星,像是饿了十天的狗又碰到新鲜的骨头。彤彤狂奔过去,在杂草堆里翻了半天却一无所获,苦苦思虑了一番后,终于想明白了,黑子压根没有扔板栗。

这下彤彤可压不住火气了,别人是三天绝米没关系,绝水闹人命,而她半月不喝水不要紧,啃菜根才要她命;朋友可以戏弄她玩,可戏弄吃可不得了。彤彤全身都绷起劲儿,趾头紧收,嘴唇气得发紫,气冲冲地叫来了她的"小分队"——胖胖妞和瘦子。偷枇杷无趣,可这次偷带刺的板栗,真是好有挑战性,是前所未有的体验。想到这儿,彤彤就咬着牙尖兴奋地笑。

下午,三人静悄悄地走进板栗园,约定好谁捡到就归谁。逛了半天,彤彤和胖妞同时瞧上了大桩树下的板栗堆。

"我是你老大,这是我的!"彤彤大声叫道。

而胖胖妞并不示弱,一边用自己的肥手将彤彤推到后边儿,一边准备跑去抢板栗。却没想到瘦子趁两人争吵的时候偷偷抱走了一大堆板栗,等两人赶到树下的时候只剩下几个半开着的带刺的壳儿。

两人没办法,只能重新寻找目标。找了半天,最终找到黑子家的矮板栗树下。

矮,正是优势。彤彤一只脚跨在一根树干上,手握住另一根树枝,一使劲,身子就站在半空中,伸出棍子,终于勉强够到了几颗板栗。彤彤正高兴着,却突然重心不稳,身子晃了两下就"砰"一声摔在地上。彤彤屁股落地,落在一片尖刺之上,仿佛坐在老虎凳之上,瞪大了眼一句话也说不出。最后,彤彤僵硬地扶着腰撑起身子,小脸因为疼痛憋得通红。她吹着手上浮起的红圆点儿,有些委屈又狼狈地逃回家了。

回到家,彤彤拍拍衣服上沾的泥土,艰难从袋子里摸出为数不多的几个板栗,塞入奶奶手中:"我要吃,帮我煮熟!"奶奶哭笑不得。此刻,身后却突然传出一个大吼:"彤彤!"

彤彤吓得浑身一颤,心里估摸到了是谁,心虚得不敢回头看。黑子正要再次怒吼,彤彤立刻拿出水彩笔塞入他的手心:"我只拿了五颗板栗,我保证不会有下次了,对不起,我真的太想吃了……"

黑子盯着水彩笔,眼光变得开始柔和起来。

看着远去的黑子的背影,彤彤的心揪在了一起:这彩笔,是自己厚着脸皮向妈妈讨了半个月才到手的啊!

"唉,害人的嘴啊!"彤彤一声叹息,等她转头,忽然看见爷爷严肃的脸:"彤彤,你被禁足一周,又出去玩了?"

"爷爷,我错了……"院子里,传来彤彤的认错声。树上的小鸟歪着头看着彤彤,似乎见怪不怪了,然后"啾"的一声飞走了。

割稻历险

被禁足有一个好处,就是可以安心做点蒙尘的作业,
也算是开始准备开学的日子,心里感觉安稳多了,毕竟学
习是最重要的。

好好学习,天天向上。是的,把作业都检查一下,看看
还有哪些没有完成。

"嘀嗒,嘀嗒⋯⋯"陈旧的钟在发黄开裂的墙上吱呀呻
吟,不一会儿指针就转向了上午九点。彤彤心烦意乱地爬
上小板桌,顺手翻开作业记录本。十几行陈列下来,末尾
都打了小钩,表示完成,只有第一项——帮家长干活——

使彤彤愁眉苦脸。她半眯眼睛，牙齿咬完上嘴唇，又咬下嘴唇："唉，这个奶奶，每次跟她提干活，都是洗碗洗菜，这么轻松的事，一点儿不新鲜，怎么写出符合老师要求的作文？"彤彤用余光扫了扫桌上厚厚的几本作文辅导书，长叹了一口气。

彤彤快速翻阅着黄纸，目光聚焦在"割稻子"上："挽起裤脚，小心翼翼地拿起镰刀，沙沙沙，稻穗在空中飞舞了一阵，金黄的稻草落在我的发上，胳膊上，转眼一大堆稻子就收割好了。"彤彤被吸引住了，这活儿多好，又新鲜又简单，只是爷爷不一定会同意。

"算了，试试看，这么简单的活儿爷爷肯定放心，还愁什么？"彤彤咽了口唾沫，扯开嗓子："爷爷，老师有个作业，说要帮助长辈干活——"彤彤拉长音调，脸上溢满了笑容。爷爷笑眯眯地看着彤彤："你不是经常帮奶奶干活的吗？这不是已经完成作业了？"

彤彤微微皱眉："哎呀，我的好爷爷，奶奶太小瞧我了，整天洗碗洗菜的，太无聊了，我准备割稻，好不好？"彤彤眨了眨眼睛,一脸希冀地看着爷爷。

爷爷不放心彤彤去割稻,但又拗不过孙女的死缠烂打,最终决定让她去试试看。现在孩子缺乏锻炼,试试,也没错。

两人准备妥当后走向田间。彤彤手拿镰刀,就像将军拿着大刀上战场。她牵着爷爷的手一起迈步走向稻田——那是一片战场,她一定不会失败的。此刻,她已经激动到想直接飞过去,想到待会儿可以亲手割稻子了,就忍不住一直傻傻地笑。

到了田里,彤彤可就傻眼了,看着泥泞的稻田,她的双眼抽了抽,呼吸着空气中混杂着复杂味道的土气,脸上表情七扭八歪的,像是被捣乱的拼图,开始有点不想下田了。但是自己挖的坑总得跳,做了会儿心理建设,勉强卷起袖子、裤脚,眼睛一闭,一脚踩下去。

"啊!"彤彤脚刚落地就发出一声惨叫。她觉得软软的泥土在脚下滚动,痒痒的,像千足虫在用它那短小棕黄的脚摩擦着她的脚。用力踩下去,黑土"唰"地溅起,像是软绵绵的蚯蚓"哧溜"一声在指头的缝隙间钻出。彤彤的脸早已扭曲,像是画家在造人形时一不小心泼洒了墨,渐渐化开,鼻大眼小。

可她觉得自己不能放弃,脚一钩一松:"我是女汉子,什么都不怕!"

彤彤迈开步子,弯下腰,似待发的弓,模仿爷爷割稻子的样子,挽起稻秆,镰刀对着稻子的根部割去,手指忽然传来一缕刺痛——锋利的镰刀差点割破了彤彤的手指,还好,只是划了一点皮。彤彤发现没什么大碍后又继续割稻子,不一会儿就割了好几把。那稻子垂下了高傲的头,稻穗沉甸甸的,丰满得似乎棕黄色的壳儿要挣出雪白的米粒了。

彤彤用湿淋淋的手抚摸着饱满稻穗,觉得自己非常幸福,突然就品尝到了劳动后无形的快乐,感受到了"晨兴理荒秽,带月荷锄归"的滋味。

正当彤彤笑眯眯欣赏自己的劳动成果时,突然她觉得腿上奇痒无比,是钻心的,刺骨的。彤彤本能地一摸,发现脚踝处有一处凸起,自言自语:"这是神水吗？我这一泡,竟然变胖了。"

她正要抬起脚,发现自己那凸出处血流不止。再看,她便吓得满脸惨白,直呼爷爷。一个光溜的大东西贪婪地吮吸着她的皮肤,像脱了壳的蜗牛,又似蜷缩的蚯蚓,难不成是水蛭？彤彤的手颤抖着,刚要触到虫子了,因为胆怯又缩了回去。她将镰刀扔得远远的,开始号啕大哭,双眼泛着红光,脚下一滑,狼狈地摔在了泥里,许多淤泥溅了起来,把她变成了一个泥人。

爷爷慌忙赶来,小心翼翼地抬起彤彤的腿,咧嘴一笑:"哈哈,是蚂蟥！真厉害的蚂蟥,知道我孙女肉嫩呢!"

"爷爷,救命——"彤彤的嘴巴都变成喇叭了。

"没事,哈哈,看爷爷的!"爷爷轻轻地拍着她的腿。神奇的一幕出现了:那蚂蟥卷成一团,咕噜一下掉进水里不见了。

就这样,小彤彤在稻田里折腾了半天,割了十几把的稻子,把自己变成了一个泥人,只留下了两个滴溜溜的黑眼睛。

　　终于，夕阳西下，两个人身披一身金光，有说有笑地回家去了。不管如何，今天还是有收获的，作业算是完成了，也体会到了劳动的艰辛，劳动的幸福。彤彤心里充满了复杂的情感。

砸缸救友

公鸡刚停下嗓子,欠下身,一轮红日便出现了,像一个红色的气球,缓缓飘上天空。

"彤彤,我和你爷爷出去买点窗花贴起来,喜庆!"说着,奶奶拉起彤彤脏兮兮的小手,"你在家里要听话,禁足哦。"

她连忙点头:"好的好的,我保证听话,您快走吧,爷爷还在院子里等您呢!"一边说一边推着奶奶出门。

奶奶疑惑彤彤今天怎么这么好说话,却也没想太多,抓了个钱包就和爷爷走了。

彤彤,这个惹事大王,别看她恭恭敬敬、端端正正地坐沙发上,可心,早就飘到厨房里去了,那眼,一刻不眨,盯着奶奶不小心撒在地上的盐。片刻思索后,彤彤抽出了一张纸,用歪歪扭扭的字迹写着:鸡蛋炒番茄、鸡蛋汤、盐腌鸡蛋、煎鸡蛋、溏心鸡蛋……不用说,这是一张鸡蛋菜谱。彤彤咽了口口水,在纸的角里画了个圆。起初,只把中间点了个小黑点,后来按捺不住性子,把半张纸都涂黑了,她指着纸上已被黑色淹没的圆"鸡蛋"傻傻地笑了,我一定要做出像这样美味的蛋!

"老大,我来了!"是胖胖妞的声音! 她兴冲冲地跑进彤彤家里。彤彤在厨房系好围裙布,正在用手指使劲拧油烟机的开关。

"哎,胖胖妞,你给我快点!"彤彤焦急地向胖妞发出呼唤。

"来了,来了。"胖胖妞气喘吁吁,好不容易跑到厨房里。顾不上擦汗,就七手八脚地套上围裙布。油烟机已经开了,彤彤从冰箱里精挑细选出两个白里透红的大鸡蛋,刚要扔进锅,又瞥见一个青色的鸭蛋,不禁发出惊叹:"这,这,世界上竟然有这样的蛋!是不是应该给研究队瞧一瞧?还是交公?万一是啥以前皇宫里的东西呢?送故宫,成名人?不对,这万一是神蛋,那我独吞,岂不是成了天下第一神人了?"彤彤此刻的心是激动的,简直比一个守财奴看见一座满是金银的小山更幸福。她立刻放下手上的鸡蛋,拿起那半个拳头大小的鸭蛋,小心翼翼塞进锅里,连点火开关也没转,又从柜子里倒出一碗油,泼在鸡蛋上,用铲子翻抄,一不留神,把鸭蛋壳打碎了,黄白混在一起。

"胖胖妞,盐!"

胖胖妞一边答应,一边扭动肥胖的身躯在厨房里翻找盐。

"算了,算了,你太胖,一来占位置,二来速度慢,到外边去等大餐吧。"彤彤将装白糖的罐子打开,全倒了下去。

胖妞刚想把"你点火开关忘开了"八个字吐出,却想到彤彤凶神恶煞的目光,又狠命咽回去。

不久,一盘浑浊的污水出锅了,可是,让人觉得难闻也就罢了,连在垃圾桶旁转的苍蝇也不屑过来瞧一眼,彤彤这个乐天宝,却丝毫没有察觉。

她要煮饭了,可装米的大缸可比彤彤高多了,她够不着,叫来了胖胖妞,让胖胖妞站在小板凳上,把头往里探,瞅瞅缸有多深,够不够得着米。可一不留神,胖胖妞就头朝缸栽进去了,两只脚在空中蹬踢着,嘴巴和鼻子全埋在白米粒中。胖胖妞号啕大哭:"呜……我要窒息了,快救我,彤彤,你快想办法,救救我!"

胖胖妞的腿用力蹬着,拼命想要出来,可于事无补。

彤彤目睹这一切,眼珠子慌得都不知该往哪里看,她大口喘息,眼泪在眼眶中打转,急得脑中一片空白。恍惚中,彤彤记起历史上司马光砸缸救友的故事。于是,彤彤拿了一把铁锤,围着大缸转了一圈看哪里适合下手。胖胖妞时不时的惨叫让她的手都颤抖着,为了确保不砸到胖胖妞,她在缸最底部动手。彤彤闭上眼,咬紧牙,狠狠砸下去,一声清脆的响声过后,一个拳头大小的破洞有了,白花花的大米,源源不断地往外涌。还没来得及兴奋,这排米口就停止了工作,彤彤俯下身,将脸凑在破洞上,往里窥,可只有大米朝她眼前蠕动,怎么办?还是看不见胖胖妞。彤彤爬上椅子,又小心翼翼地踮起脚,用锤子轻轻敲击缸边,敲了十几下缸边终于出现裂口,白米开始往外流。

彤彤用手扒着,米粒"哗"地扑下来,过了好一会儿,她才听到胖胖妞大口喘息的声音,再往里刨,就瞅见脚朝天面朝下的胖妞,脸上惨白,一会儿发青,一会发紫。

终于挣出来了,胖胖妞见地就趴,吓得四肢发软,一时短气。

彤彤好不容易将她拉起,发现米缸里只剩不多了,再看看地上名副其实的"米堆"叹了口气:唉,要是这幕被爷爷撞见了,我该怎么和爷爷凶神恶煞的脸打交道哦?拨开地上一层雪白如脂而又饱满的米粒,底下一层层都尘土混为一体了,这可怎么办?彤彤呆呆地拿着锤子站在原地。

太阳好像一忽儿就到了天的正中。爷爷奶奶回来了。

"彤彤,这些米是怎么回事?"奶奶的脸都绿了,不用问就知道这孙女儿又大闹天宫了。

"奶奶,是这样的……"彤彤把过程一五一十地说了一遍,因为着急担心,话也说不明白,就知道流眼泪了。

爷爷听了,竟然乐呵呵地笑了,嘴巴里的牙齿就像百年老屋檐头零零落落的破瓦,看上去滑稽又可爱。

彤彤看到爷爷并没有生气,忽然感觉天都亮了些。至于奶奶的脸,待会儿就会好的,由爷爷去哄吧。于是,过不了半个小时,儿歌和舞蹈又回到了彤彤的身上,她一阵风似的出去玩了。

"胖胖妞,你说今天你最应该感谢谁?"彤彤问。

"当然是你了! 谢谢你救命之恩!"胖胖妞说。

"那你应该怎么感谢我呢?"彤彤笑。

"我,我请你吃玉米吧!"胖胖妞说。

"好,哈哈哈……"

"哈哈哈……"

风中,林子里的风唱响了童年快乐的歌谣,两个小伙伴的身影在院子里舞蹈着,此刻友谊似乎是一道人生最美丽的风景。

"卖"了自己

　　碧空如洗,河边有个盘腿坐着的身影,嘴里叼着一根狗尾巴草,模模糊糊地唱着歌:"山歌好比春江水……"

　　彤彤望着远处小爷爷家的一间房,默默思索。那是一间四合院,院里有二十多只鸭,还有两只野鸡,总是在院后的竹林里快速地乱窜,将这安静的环境搅得十分热闹。

　　小爷爷总喜欢盯着憨态可掬的鸡群,和总是在鸡群后扭着屁股昂着头的鹅。小爷爷和小奶奶家里不算幸福美满,因为儿女常年不回家。对一个老人来说,想要的不是家财万贯,而是子孙满堂,只是希望能有家人多一些的陪伴。人在暮年,最需要的,就是儿女的陪伴。

正是因为如此,他十分疼爱彤彤,每当爷爷骂彤彤时,都有小爷爷为她撑腰。这就不免让她想起以往一件滑稽的事……

"彤彤,你怎么又跑溪边来了,不是说你不能碰水,一不小心就可能会淹死……"彤彤的耳朵被拎了起来,定是自己的爷爷。

"哎,哎哟——这不是家门口吗,我又没出去!"等爷爷拧完,彤彤装模作样地摸摸耳垂,又摸摸另一只耳朵,"哎哟,爷爷,再帮我这边儿拉拉,你看,都一薄一厚了!"这样一来,爷爷心软了,嘴巴一咧,笑了。

"哥,你就这么一个孙女,这么可爱,宠还来不及,怎可打她?"小爷爷刚从院里走出来,见状,就和爷爷"吵"了一架。

爷爷瞅了眼彤彤说:"文松,棍棒底下出孝子,教育一定是要有的,你这么娇惯孩子,以后怎么办?"爷爷叹了一口气,"你不知道,这孩子是多么会给我惹祸……"

"嘿,打住,打住,哥,那看在弟弟我的面子上,别计较了。"小爷爷抚摸着彤彤的脑袋,一脸慈爱,"彤彤,来,到小爷爷家玩!"

"唉,彤彤,你喜不喜欢小爷爷家呀?"

彤彤嘴巴鼓了起来笑着道:"当然喜欢。"

小爷爷一听满含笑意,觉得这个孩子的可爱,不是一般孩子能比的,所以想逗她玩一会儿,于是说:"这样吧,小爷爷给你十块钱,你把钱给你亲爷爷,把自己卖我当孙女,好不好?"说着背过身从抽屉里拿出崭新的十元钞票,递给彤彤。

彤彤拿了钱回家,没有马上交给爷爷。

她躺在躺椅上,仔细思量:"要是我给小爷爷做孙女,爷爷不就没有孙女了吗? 不对,爷爷和小爷爷不是兄弟吗,孙女可以是一个嘛! 可是,我走了,爷爷会不会孤单? 嗯,我去小爷爷家,一定要经常回来看爷爷,可是过年爸爸妈妈回家找不到我怎么办? 要不再去向小爷爷要二十元,每人十元,把爸爸妈妈也卖到小爷爷家吧。嗯,就这样!"

彤彤将挂着的脚放下,跳下了躺椅,把十块钱揣在袋里,"爷爷、小爷爷、十块钱、离开"就这样浮现在她的心头。彤彤咬咬牙,走到爷爷面前,把钱塞到爷爷怀里。

爷爷看了看这崭新的钞票,又望望彤彤,被弄得一头雾水,这半拉大的孩子,哪来的钱?

彤彤的话打断了爷爷的思考:"爷爷,小爷爷让我给你十块钱,他把我买去做孙女了。爷爷,我会常回家来看看您的,再见!"

这些话让爷爷哭笑不得:"哎哟,我的孙女,我对你不好吗?"爷爷轻轻关上抽屉,转过身对彤彤笑了笑。

"好。"彤彤的脑袋大概被在小爷爷家喝的果汁给冲淡了智慧,一个劲说"好"。

"爷爷哪一点不好?"

"都好。"

谁也没注意。彤彤眼角含着泪花。

爷爷把这当成午后的笑话,下午,又背着锄头去锄地了。

而彤彤把两条裤子、一件睡衣、一本书装进塑料袋,去小爷爷家了。

小爷爷正在院子里干活,满脸汗,满手泥,一抬头看见彤彤满脸愁容地站在跟前,手里还提着一个塑料袋,塑料袋里装着衣服裤子的,十分好奇,问:"彤彤,爷爷把你赶出来了?你提着衣服干啥嘞?"

"小爷爷,以后我就在你家生活了。"说完咧开大嘴号啕起来。

小爷爷被弄得一脸蒙,这是啥来由呢?怎么就来自己家生活了?还要这样哭?于是手足无措地抱起彤彤,好声好气地说:"说,是不是爷爷打你了,不哭,我去和你爷爷算总账去!"

显然,小爷爷已经忘记了和彤彤说过的玩笑。

彤彤说:"小爷爷,你给的钱我给爷爷了,所以以后我就跟着你过了。"

"啊?哦!哈哈哈哈……"小爷爷差点笑岔了气,脸上的色彩犹如雨后的虹霓:没想到一个小玩笑,这小屁孩就当真了。

"哈哈哈……"小奶奶听懂了这些对话,也笑得前仰后合,说,"文松啊,咱们家从今儿开始,多了一口人了,哈哈哈哈……"小奶奶脚有残疾,走路颇为不易,但是那天,彤彤在小爷爷家吃了半碗红烧肉,啃了三个玉米棒,吃了足足半斤的糖,还睡了一个美美的下午觉,也没有做一个字的作业。醒来后,她问小奶奶:"小奶奶,你的糖果是哪里来的,特别好吃。"

"买的。"

"小奶奶,你的脚怎么了,疼吗?"

"疼。"

"那你为啥不去看一下?"

"哈哈,奶奶没钱啊。"

"哦,没钱……"

小彤彤看着小奶奶蹒跚走路的身影,嘴里嘟囔着"没钱",若有所思。不知道她又会做出一些什么事情来。

香烟覆灭记

夜幕已至,爷爷回到家,满身疲惫,扔掉袜子,拖鞋一套,"咚"一声躺在床上。

"彤彤!"爷爷叫道。但是过了好半天都没有听见回应。

爷爷闭上的眼睁开了,眼里充满了惊讶。"她会去哪呢?"爷爷爬了起来,思索着,眼珠转着,像一个钢珠,手托着下巴,"她下午说,把自己卖了? 对,不对,怎么可能,那是我做梦吧?"爷爷起身,用手挠了挠脖子,翻开抽屉,那张崭新的十块钱跃然眼前,"这个傻孩子,文松跟她开玩笑的事儿，也能当真？唉。"

爷爷拉开窗帘，月光被好似染上墨汁的云遮住了，只有几颗星星在闪耀着点点微弱的光芒。"今天都这么晚了，只要知道她在哪，就放心啦，明天再去吧。"

而彤彤到了小爷爷家里，小爷爷更是笑得合不拢嘴，一脸慈爱地摸着彤彤额前翘起的一小撮头发："好孩子，去玩吧！"

彤彤在这偌大的房间中转着，参观着，真想高歌一曲，从这间漫步到那间，墙纸美丽的花纹让彤彤停下脚步。她摸摸红木桌，精美的桌上没有一丝灰尘，闪着渐变式的色泽，从红棕色到带一丝褐色的土黄，绝美。再望，一个书架，靠着墙壁，小彤彤仰着头才能看见，书架的顶端在墙的最高处。彤彤踮起脚尖，使劲向上跳，费了九牛二虎之力才够到拉门。

彤彤气喘吁吁，一屁股坐在书桌凳子上。"哇……"太舒服了，中间两个半圆突出，坐下去十分舒适，还有发热功效，再随意拉开抽屉，第一套人民币足足有三套。彤彤惊呆了,自己虽然小,却也知道"古董"是什么,把人民币全摊在一尘不染的桌上,小心翼翼地从透明袋取出一张一百元票,四周环顾没人后,放在手心抚摸:"哇,小爷爷太有钱了,这么贵重的东西,就那么随意一放……"彤彤成了财迷,盯着这梦寐以求的东西,目不转睛。

这时候,彤彤忽然意识到,小奶奶并不需要自己去救济她,她的脚根本就是老毛病了。这么想着,心里顿时舒服多了。

"彤彤,吃饭了!"

"噢,知道了。"彤彤一边应着,一边小心翼翼地把第一套人民币放回抽屉里。来到饭桌,彤彤简直惊呆了,一大桌没见过的美味佳肴,彤彤喃喃自语,小声嘀咕:"这比我家过年还奢侈。"

一夜眨眼而过。

"文松,文松,彤彤在吗?"一早,彤彤还在摸着满廊的艺术品,爷爷就找来了。

在与小爷爷的一番沟通讨论下,爷爷笑了,他准备耍耍彤彤，小爷爷叫来了隔壁癞毛叔叔，三人达成"协议"。

"这小妞，十二块钱，我要了。"

"好，好。"小爷爷向爷爷投了个眼色，满脸假笑。

爷爷小心翼翼拿过钱，把两块塞进裤袋，把十块钱递给小爷爷："文松，拿着，你十，我二，彤彤卖给你吧！"

小爷爷拉着爷爷的手，又嘀咕了一阵，见爷爷一脸心悦诚服："癞毛，再加八块，各人十块，才公平。"

彤彤被这话吓坏了，望了一眼癞毛，黑黑的脸，也只有混在黑煤里，才不那么显眼，鼻子大大的，像是猪鼻子移植过来似的。眼睛埋在黑脸里，站在一米外就瞧不见了。最难看的是手臂上的刺青，画着一个鬼脸。彤彤吓得缩起身子，往后挪了两步，再瞧两眼，却又撞见了他两眼利剑般亮丽的眼光。她的手心在冒汗。爷爷说过，有刺青的都是黑社会的坏人。想完，彤彤泪水不止。

爷爷和小爷爷相视一笑，把钱还给了癞毛，抱起彤彤："爷爷是跟你玩呢。"

彤彤还是皱着脸，彤彤什么角色，老大！可今天自己最亲的爷爷、小爷爷戏弄,是可忍孰不可忍!

趁着爷爷唠家常,彤彤决定报复一下这俩老头。她看见他俩嘴里都叼着香烟,桌子上各人放着一包烟,于是鬼主意就出来了,她蹑手蹑脚地把两包香烟塞进口袋,说:"爷爷,我上个厕所!"

"去吧。"爷爷说完彤彤就连跑带跳冲进厕所。

"瞧这孩子,这么急。"爷爷笑了笑,还望了一眼桌子,却丝毫没有发现少了两包香烟。

彤彤用手打开水龙头,将每根烟头上都滴了一滴水,等它完全渗在香烟里头了,然后装进去。回到院子,见没人注意,她又把香烟放回桌子上,若无其事地走开了。

"哥,外边冷,咱坐沙发上聊。"

爷爷每天不抽十来根烟就会茶不思,饭不香,连睡觉也睡不踏实。他拿起烟,火一点,怎么点不着? 一看,哎呀,这根烟湿了。"唉,什么时候湿的?"爷爷埋怨,又拿起一根,哎哟,这根湿得烟卷都掉下来了。爷爷将每根烟都抽了出来,竟然全湿了。爷爷一边心痛地将整包烟扔进垃圾桶里,一边喃喃自语:"今天真是见了鬼了!"

"哥,抽我的,百分百沉香,香,醇厚。"小爷爷刚夸赞自己的香烟,却发现自己手上的香烟也是湿的。小爷爷再抽出一根,湿的,再抽出一根,还是湿的……小爷爷算得上"愁眉苦脸"了,"这可是一百块钱一包的呀!"小爷爷惋惜地感叹。

爷爷脸绷紧,大声喊:"彤彤!"

嘻嘻,凭彤彤的聪明脑瓜,一看大事不好,早就跑得没影儿了! 在彤彤的眼里,抽烟是有害的,她可不觉得自己是恶作剧,说不定奶奶还会表扬她呢。

线装书奇遇

被禁足的直接危害,就是家里不得安宁。

冷空气伴着雨、带着风来了,它推翻了滚滚红日的妖艳,抹去了明媚一春的温暖;涂黑了云儿白皙的脸,吹灰了树儿嫩绿的芽。

彤彤已经被接回亲爷爷家。

第一天,她趴在窗台上,看见电动自行车在小路上风驰电掣。

第二天,她趴在窗台上,只看见远处有几辆模模糊糊的电动自行车一闪而过。

第三天,彤彤趴在窗台上,只见有披着雨衣的人儿把电动自行车推进车库;

第四天,彤彤把窗户关上了,窗外下着瓢泼大雨……

"这么冷的天,小奶奶的脚又该疼了吧? 可哪来的钱给小奶奶治病呢?"彤彤手托着下巴,另一只手翻开窗帘,瞧着越下越大的雨。

"问爷爷吧,对!"彤彤刚跨出房间,却又想起爷爷可能根本不会给她钱去乱花,又垂头丧气地回去了。忽然,彤彤又想到什么,眼睛一下亮了:"哎,爷爷不是有好些破破烂烂的书吗? 放在书架上占位置,不如我拿去卖了,赚了钱给小奶奶治病,爷爷奶奶没准还夸我孝顺呢!"她悄悄挪了爷爷的书房。

"爷爷,你说,你书架上的旧书是不是应该拿来卖了?"

"嗯。"爷爷在专心下棋。

"那,我拿去给你卖掉,换钱,给小奶奶治脚,好吗?"彤彤试探着。

爷爷一心就在围棋里,两耳根本就没有听,只是"嗯嗯"地应付着。

她晃荡着爷爷的手臂:"爷爷,好不好?"

"好、好、好……"爷爷敷衍了一句,眉头聚成一座山峰,显然到了危急关头,不注意的话,就要输了。

彤彤挺开心的,觉得爷爷也是一个好人,会关心家人。她倚着爷爷,看着爷爷下棋,不一会儿,爷爷输棋了,丧气地喝了口茶起身到村头大樟树下小店里消磨时间去了。

彤彤把爷爷那些灰不溜秋的线装书挑了几本厚的,塞进袋子,去了街上。彤彤把书工工整整叠在地上,坐在椅子上,托着下巴看着,等着,不一会儿竟然睡着了! 可片刻之后,彤彤就被人群的喧闹吵醒了,她这才发现,一群认识爷爷的人围着她,窃窃私语:

"这就是文柏的孙女!"

"这么小小年纪就做生意啦,了得!"

"唉,小孩子家家,玩玩而已吧——"

"我倒要看看她这葫芦里卖的什么药!"

彤彤看到这么多人叽叽喳喳,却一本书也不买,立刻就失去了兴致。

人群渐渐散尽,一位路过的邻村青年老师见了这些"古董"——线装书,目瞪口呆,要知道,一个小孩出来卖百年难得一遇的"线装书",太不寻常了。

"小朋友,叔叔想要买书,您给出个价。"他恭恭敬敬地欠下腰,蹲在那堆书前,细细翻看起来。

"嗯……"彤彤左思右想,挠挠头,抓了一缕头发,使劲拔,用力想,"五十块钱!"彤彤伸出了五个手指头。在她看来,自己已经是狮子大开口了。不过奶奶告诉自己,别人要还价,所以要把价格往高了说。

"五十块?"教师有些哭笑不得,"太少了,再多一点,不然,叔叔都不好意思买了。"

"这样啊,那……"彤彤稍一思索,"这样吧,再加五角,五角还够买一个棒棒糖了。剩下的给小奶奶……"

"打住,打住……小朋友,这样,叔叔给你一百块钱。"他掏出一百元给了彤彤,捧着一大摞书乐呵呵地离开了,似乎跟真的捡了一个宝似的。

到了家。

"爷爷！爷爷！"彤彤嘴里含了一块糖,高兴地叫着。

爷爷一见她吃的糖果,板着脸,脑门里浮出一幅又一幅画面:自己出门,彤彤当家,搬着椅子,踩上去,在抽屉里找到了钱,往裤袋一塞跑出去了……

"你说,你糖果哪里来的？是不是偷了家里的钱?"

彤彤先是一愣,再一笑:"爷爷,您不是说可以把那些破书卖掉吗……"

爷爷小声嘀咕:"什么破书?"

"就你书架上的啊。"

爷爷上楼,看到书架上少去的那些书,差点吓晕在椅子上:"我的书呢?"爷爷慌忙无措,好像丢失了一个亲人一样。

"您说那几本破书?"彤彤漫不经心。

"破书？那是古董!"爷爷吼叫,脸第一次涨成酱紫色。

彤彤愣了。

她第一次瞧见爷爷发这么大火气,她泣不成声:"我拿到市场上去卖,换了一百块钱……是您自己答应我的啊……"

"什么?"爷爷脸都青了,一下子没站稳,差点摔了个趔趄。

爷爷揪住彤彤的耳朵:"说,你在哪儿摆摊的,快带我去!"

彤彤发出"哎哟哟"的声音,"爷爷,我,我这就带您去,别拎,别拎!"

爷爷放下了手,尾随其后,虎视眈眈地盯着她的后脑勺,彤彤感到了背后凉飕飕的视线不由得加快脚步。

步行五分钟后,终于到达了卖书的地方。

可人们早就不见了,倒是来了个卖糖葫芦的大汉,吆喝着问彤彤:"小朋友,要不要来一串?"

彤彤想吃,但赶时间,被爷爷拉走了:"彤彤,你看清那个人长啥样了吗?他往哪边走?"

彤彤思索一阵说:"听别人喊他老师。"

“老师？”爷爷有些喜悦，可一会又冷静下来，让彤彤继续说：“像您一样，是个平头，瘦瘦的，戴眼镜。”

“这一百块钱，是你出的书价吗？”爷爷继续逼问。

彤彤噘嘴：“我原本说五十块，这个叔叔硬要给一百！”

“……五十块卖我的古董，这，我敢保证，是一个历史性笑话……”爷爷小声嘀咕，一会清清嗓子，“彤彤，继续说吧。”

“嗯，还有，好像，看上去跟您差不多高的，而且文质彬彬，我这么小的孩子，他还对我很有礼貌呢。”说完白了爷爷一眼。

大半天过去了，爷孙俩一无所获。

第二天。

“砰——”爷爷气喘吁吁，敲得门微微震动，这是本村老赖家。

过了好久，门开了，露出了一条缝，爷爷站了起来：“我是文柏。”

“噢，进来吧。”老赖说。

爷爷进去喝了一口茶，屁股坐在冰凉的沙发上，终于缓过了气："老赖呀，我孙女昨天不懂事，把我珍藏多年的线装书卖了，你可认识买主？"

老赖叹了一口气："不认识。"

爷爷刚要离开，只听他又说："我听说这人，是个老师，是咱们村东边白马村的，至于住在哪，我可真不晓得。"

爷爷终于打听到消息了，兴奋地赶出去，连声"谢谢"都忘了说。

老赖叹了口气："这文柏，这么多年了，这书痴本性还没改呀。"说着关上了门。

爷爷回到家拉起彤彤就往外走，半个小时后，终于赶到了白马村。可转身，彤彤却没了踪影，原来，在"走"的途中，又矮又瘦的彤彤就没力气了，扯着爷爷的衣角，直说着："走不动，走不动。"可爷爷一心只顾找书，早就沉浸在自己世界里，哪听得到彤彤的哭腔，把彤彤甩在了马路边的树荫下了。

爷爷直奔村口到处询问老师的下落。

一位背着蓝色书包的高个儿孩子走到爷爷跟前："老爷爷，您说的人，也许是我的老师，我带您去。"

到了老师门口，学生先离开了，爷爷敲开了门。

一位相貌堂堂、文质彬彬的高个儿走出来，握着爷爷的手："在下姓陈，老先生有事吗？"

爷爷开门见山："陈老师，失礼之处请海涵，昨日先生在路边摊买的我孙女的书，实是孩子不懂，那是我多年珍藏的孤本，对我有特殊的价值和意义，所以……"

老师听了这件事的来龙去脉，略感惭愧："这，好说，我给您就是……"脸上略有遗憾之色。

不一会儿，教师捧着厚厚的书出来了。

爷爷看到书，激动地感谢，并把钱塞到老师手里。

老师将书小心翼翼地放入袋子，一并将钱递给爷爷："老先生，要是您谢我，就将这珍宝世代珍藏，好好传下去，保留老祖宗的东西，这才是正道呀。至于钱，给孩子买糖吃吧。"

爷爷不好推辞："谢过陈老师。"

爷爷一路回走,顺道拎上缩在树荫下的彤彤,心情愉悦。他一边感觉这个世界很美好,很温暖,一边看看这孙女,想哭又想笑。

作 业 日

阳光轻悄悄地挪动着,将肥胖的身躯挤进窗纱,亮光隐隐约约透进来。彤彤打了个哈欠,翻过身,身子像蠕动的毛虫,躺在床边儿。

"叮——"房内突然充斥着此起彼伏的电话铃声,比大街上争吵的大妈的声音还高了几十分贝。彤彤一惊,又缩进被窝里,眼睛半睁半开,嘴巴还吞了口唾沫,又闭上眼。声音还在继续,彤彤将脑袋钻进枕头底下,用手指头塞进耳朵,旋转地掏着。

过了好久,彤彤坐了起来,掀开被子,可刚要下床,执着的意念又打碎了,彤彤又钻回被子。

片刻后彤彤怒吼着,把床头的电话提起,放在桌上,终于没有声音了。彤彤眯着眼,迷迷糊糊,一路跌跌撞撞,扶着墙才到厕所,动作简直比喝了酒的人还要醉三分。她擦了把毛巾,又盘腿坐下,在厕所边,睁眼,闭眼。她并没有听到电话中传来的阵阵"彤彤"的叫声。

过了小半天,太阳已日上三竿,彤彤终于被成功"冻"醒了,拍拍坐疼的屁股,扯扯裤子:"屁股兄弟,这些年,你和我同甘共苦,谢谢您了,今天让你受苦了,这都怪我,哦,不,都怪那个电话,我一定帮您查出真凶,为您洗去冤情。还有,您退休的事,再缓几年,几年而已……"

坐回床上,彤彤使劲用手撑大眼睛,长长吸了一口气,把电话挂回去后,浮现出一串号码:"70……12340"

"什么电话?怎么感觉是骗子电话?"彤彤"含情脉脉"地把头向后伸,瞟了一眼屁股,"您老放心,虽然事情进入僵局,但我会查出来……"

彤彤抓抓头发,又眨眨眼睛,几番忐忑之后,她镇定地昂起头,挺起胸:"彤彤,你如此足智多谋,赶紧把电话打回去呀,就算是骗子,你这么聪明,还怕她呀,骗钱装腔这种套路你还怕?"

彤彤点着头,用手指用力按了"重拨",指头久久没移动,一听有"喂",她立刻开始口若悬河地"演讲":"喂,骗子,我知道是你,骗钱这套太俗了,骗老大爷行,我告诉你,我是个堂堂正正的年轻人,身上只有五毛!""砰"一声,彤彤挂了,她觉得自己的这番斗智斗勇真可与诸葛亮的草船借箭相提并论了,她觉得自己是一代英才花木兰,从不给敌人留活路,真爽。彤彤正想高歌一曲赞颂自己,电话就又响了。

彤彤攥紧拳头,一看,又是相同的号码,她咬咬牙,摇着头:"孺子不可教也,就不怕我报110吗?"

彤彤拿起电话,刚要吼出"骗"这个字时,从电话那头喊出了"彤彤",顿时,她呆住了,连刚想塞进嘴里咬的手指都停在半空,整个人像是一尊木雕,只有眼睛震惊地眨巴着。

"彤彤,你干吗了,我是徐徐呀!"

彤彤半天缓过神来,咧咧嘴,僵硬地朝那头传去一阵假笑。"这个,那,是,嗯,这样,不,哦……"彤彤支支吾吾。

那头的女声娇娇嫩嫩,"噗嗤"一声,尖柔柔的,赛林黛玉:"你不会把我当成骗子了吧?"徐徐又笑了。

"徐徐,那,那个,不,不……"

"哎哟,好了,瞧你那结巴相,哪有班长的风范。"顿了一会儿,细嫩嫩的声音又从那头的嗓子里溜出来了,"好了,说正经的,这么长时间的暑假过去了,我都想你了,我真羡慕你,到乡下亲近大自然,我像被爸妈关在笼子里一样,天天就是做作业"。

"作业?"彤彤似乎意识到了什么问题。

"对呀,还有三四天就开学了,马上就能见面了!"

"啊?"彤彤想起了书包里一大袋的作业,一暑假基本没翻,上边的灰尘倒出来,大概都能填一圈垃圾桶的底喽!

"等等!"彤彤把电话放下,挂了,那边还传来了徐徐诧异的"哎"的声音。

这几天,可得把彤彤急死,语文、数学、体育……

墙上"嘀嗒,嘀嗒"的钟声更把彤彤搅得心烦意乱,思绪像是被捆在一起,糊上了面粉。脑子里有个声音"嘀咕嘀咕",似催眠曲,使彤彤放慢了手速,不禁打起了哈欠。

"咚"一声,正午十二点的钟声敲响了,肚子随即发出呻吟。

彤彤刚想去吃饭,可一翻,语文作业还有十组,体育作业每天都有,今天要跳四十七组绳!这,彤彤揉着肚子,这样子,不到二十组,我不就得病了吗?彤彤正愁眉苦脸,突然又喜笑颜开。"哎,我生病,开学就不用去了,那就不用交作业了!"彤彤兴奋地在凳子上跳,拍着手,可还没等高兴过头,问题就接连不断地来了。其一,万一我体质太好,跳了四十七组都没事儿,要知道,我这天天被体育老师罚步马蹲可练出了三样东西:健康,脸皮,嘴皮。这么说来,我岂不是要感激老师?其二,彤彤喝了口水,用手按了按太阳穴,又闭上了因劳累过度而疼痛的眼,真有万刺扎眼的感觉。其三,万一我病得太轻,两三天就好了,在病痛的折磨下补作业,那滋味可是会终生难忘。彤彤想到这儿,不禁"瑟瑟发抖"。其四呀,最不乐观的,就是病太重,旷了三个月的课,一去就期中考了呀!到时门门考零分,班长连降三级,还怎么如往日一般"带头起义"?

"哎……"彤彤又两眼放光,"奶奶不识字,随便找个借口她也信,让她签个名字?不行,老师可是要一个个批改、通过、上交、登记的呀。这一个个乱凑的数字哪逃得过老师的法眼,如果被发现了,要被罚站在门口——要知道,四年级六个班,全在这一排,下课来来往往的人络绎不绝,这可不丢脸吗?彤彤不禁打了个哆嗦。

算了,还是好好做作业吧,彤彤慢悠悠地从书包里将作业拿了出来,倒吸了口凉气:"彤彤,这作业对你来说小菜一碟呀!"彤彤自言自语,拿起笔"龙飞凤舞",没两下,她又伸了个懒腰,"画"了一个字。做了一会儿又开始盯着台灯发呆,可一瞅电脑上的时间,居然一个小时就这么过去了。彤彤吓得一气呵成做了五页,这下,彤彤再也没兴趣了。没处去,就打了个哈欠,翻到床上,滚来滚去,渐渐地,被子也盖上了,袜子一只东一只西,外套脱了一只袖子,彤彤睡着了。要不是爷爷叫吃饭的声音把她惊醒,她能睡到第二天一早。

睡了半天,彤彤又回到桌子上,慢条斯理地做着,嘴里喃喃:"这些题目也太简单了,这么做,我都要变傻子了——"

不知道叫了多少次"吃饭",奶奶早就没了耐心,正要训斥,爷爷盛了满满一大碗饭,小心翼翼端上去。

"我的小祖宗哟,来,吃口饭!"

"不吃不吃不吃!"彤彤只顾作业。

沉默。

一会儿,彤彤又将爷爷推到椅子上,笑着,按着摩:"爷爷,谢谢您,不过,您看这手。"彤彤将早就有老茧的食指递给爷爷瞧。

"哎哟,我的乖孙女,写作业写成这样?"爷爷叹了口气,有些心疼,把彤彤的手抬起来,放在嘴边轻轻吹。

"爷爷,这些题目太简单了,我手写痛了,也提高不了我的智商。您说，老师们都是怎么想的哦。"

"要不?"爷爷向彤彤使了个眼色，"我给你做吧! 如果你能每天做两页奥数的话。"

"可以啊，奥数更有挑战性。我宁愿做奥数。"

"快，快! 出去玩!"爷爷笑着挥手。

彤彤扭扭捏捏，不肯挪动脚步:"爷爷，我还有体育呢，能不能带到外边做?"

"好孩子，能干!"

爷爷在里边儿奋笔疾书，彤彤在外边儿逍遥而游。

天已灰，鸟儿已归巢，可直到月亮换上班，天的轮廓从蓝变紫变黑，彤彤才终于气喘吁吁回来。

书房的灯还亮着。

爷爷走出来，正好看见满脸是汗的彤彤:"四十七组全跳完了? 瞧你那样，快休息去!"爷爷将彤彤推进房间，"哦，对了，宝贝，口算整本做完，作文五篇已完成! 请检查!"爷爷自豪地翻开口算第一页，瞧，上边儿的错误至少十处，只多不少，不过是电脑打印的。

彤彤只是迷糊的半闭着眼还不忘夸奖:"谢谢爷爷!"

第二天,彤彤起了个大早,站在爸爸的小黑车门口"整装待发"。爷爷向她眨了眨眼,彤彤吐了吐舌头,爷孙两个开心极了,磨蹭了半天才进到车里。

"爷爷,周末我还回来。"

"嗯嗯,回来,陪爷爷。"

"奶奶,你注意脚。"

"知道了,你读书认真点哦。"

告别完,一路颠簸,人随车起伏,犹如此刻的心情。

父爱如"山"

"外婆!"

刚回到城里家门口,爸妈都没下车,彤彤就把车门开了个小缝儿,迫不及待地挤下车,结果先"身"夺人,"扑通"一声,摔了个四脚朝天。"不疼不疼不疼!"她马上爬起来,蹦跳着向外婆跑过去,紧紧地和外婆搂在一起,双脚一挂,就像蛇一样缠在她的身上:"外婆!"

结果一个没抓牢,"扑通"一声坐到了地上。

"哈哈哈,多日不见,一回来就一个坐地礼,外婆可受不起哦,哈哈哈啊……"外婆乐得瘪嘴都笑开了,脸上飞翔着快乐。

"咳咳，"爸爸搓了搓肚子上的肥肉，轻咳两声，"庄重"地宣布，"为了表彰彤彤在乡下的能干、乖巧、听话和认真完成作业的态度，在家吃个饭还是太简单了，不如咱家办个洗尘宴如何？"

"好啊，好啊，哈哈，爸爸太伟大了！"彤彤的眼睛都快变成手电了，她简直不敢相信自己的耳朵，一向吝啬的爸爸怎么就突然大方了起来。

"但是因资金有限，我还是决定采取公园半小时游的方案。"爸爸说。

彤彤一听，顿时眼睛失去了光泽。

"要不？"姐姐朝彤彤使个眼色，"去饭店吃牛排！"

还没等彤彤说"好"，外婆就插话了："外面的不卫生，还是在家里好哇……"

"对，对！外公种了小白菜，可好吃了。"外公摸了摸下巴，"不过，到外边吃也行。万一吃肚子疼了，我带了治肚子疼的草药根。以前我养过猪，医生打药进去治不好的，我呢就把草药根拌在饭里,猪一吃,就好……"

"哎,我说老头子,这还没吃呢,就咒孙女肚子疼?"

"嘿嘿。"外公大概是刚刚喝了太多的酒,醉醺醺地笑着,又含糊地说了几句什么,就倒在沙发上了。

彤彤把手一摊,苦笑着说,"不如,吃顿方便面吧,也算满足心愿了。"

这下好了,皆大欢喜。妈妈可以去超市,爸爸可以去上班,方便面又能在家吃,满足了姐妹俩共同的心愿。

夕阳西下,断肠人在天涯。此时,同是夕阳西下,只不过更加喜气洋洋,四处洋溢着幸福,何来"夕阳无限好,只是近黄昏"之愁?

香喷喷的面一上来,彤彤一下子把头埋下去,不管烫不烫,"手到擒来"一般,面一卷一卷、一捆一捆地送进嘴里,嘴巴鼓得说不出话。

妈妈在一旁打趣:"哟,平时一吃饭就想睡觉,今天吃那么快?"彤彤只顾"哧溜"地吸,哪有笑的空当,连吃了两碗,狼吞虎咽,丝毫没有仔细品尝鲜味儿。"小二!第三碗!"

"哎哟,顾客,您没看店名吗?'不过两碗',您已食两碗,如若再吃第三碗,将受到惩罚!"妈妈应着,随即从口袋里掏出数学《举一反三》,做这不要紧,可一瞅,"六年级",四年级做六年级的题?不妥,彤彤只得遗憾地喝下最后一口汤,然后用舌头舔舔嘴唇,想要寻找一丝回味。

"到书房来一下。"等彤彤吃完了,爸爸发出了命令。

彤彤深知,爸爸话里有话,坏事只多不少。她挪步不动,试探着问:"干吗?"

"哎,没事,谈……谈学习的事。"爸爸抖着脚,一副闲样。

"真的?"彤彤将信将疑,可当妈妈又甩出一大把卷子,朝她眼前晃悠时,彤彤立刻积满笑,快步走去。外公外婆的不参与,让彤彤更加紧张,攥紧拳头,似乎心都在往外冒冷汗。

爸爸用手一拍桌子:"将当事人带上来!"

姐姐"奸笑"着,将彤彤推进来,随后离开了。

爸爸似乎是法官,审判着犯人。

"彤彤,你要知道,现在的孩子,注重品学兼优,多才多艺,全面发展,德、行要从小熏陶,多听录音,多背《礼记》,每天复习,吃午饭前我考你。还有学习成绩,要保持班级前二,不,第一,到期末,我秀秀朋友圈,也算光宗耀祖。其次呢,你说你,书法、画画,学这么久了,也有功底了,以便以后有个小升初的,也要坚持……"爸爸鼓着一口气,顺着说下来,一字不漏。

见彤彤听得如此认真,爸爸心里在狂笑,因为这代表成功了一半,请君入瓮行得通,之后,将她套进去,也就容易多了。

"彤彤呀,学校里的老师对你好吗?"

"嗯。"彤彤含糊着,手里一大串的汗。

"那就好。爸爸觉得你的画画一定要坚持下去,这不,我给你请了市里最有名的老师来辅导你。希望你坚持下去。大家都叫他'神笔吴',简直和神笔马良有得一拼啊……"爸爸滔滔不绝,似乎找到了速成的老师,眼睛的光熠熠生辉。

彤彤结结巴巴："可……可,我,我的琴怎么办,七月份就要考级了。"彤彤越说越轻,最后连自己也听不清了。

"哎,葫芦丝、古筝,你不是一样样都不学了吗？坚持不了多久,当下,好好抓牢画画,我希望你成为一个小画家。"父亲咬牙决定,似乎看到了一个画家站在面前,让他神情恍惚。

"嗯,那个……"妈妈支吾着,欲言又止。

彤彤一咽口水："说吧,我承受得住。"

"另外文化课要自己努力学习,争取保持第一名。第一名不简单,但是要保持第一名更加不简单。记住,爸爸是不会骗你的,听爸爸的没错。"妈妈在一边附和。

这真是山一样的作业,山一样的父爱啊！

难友会

"妈妈再见!"彤彤站在学校门口,瞅着妈妈远去的背影,叹了一口气。转过身,看一眼黑压压送孩子上学的人群,彤彤的步伐越走越慢,仿佛大地之下,有巨大的磁石吸引着彤彤的脚,使她不能动弹。

"一放学就要去学画画……"彤彤一脸愁苦,垂头丧气的,提不起一点精神。一缕发丝垂在眉间,还有几根在眸子边飘着。她的手垂在书包上,紧紧地握着链子,嘴巴垂下来了,鼻子扁下来了,眼睛塌下来了,脖子似乎撑不住了,尽可能地往衣角里缩。要不是迟到了老师要罚,彤彤真想这样一直和时间耗下去。

到了教室门口,彤彤双手撑着膝盖,欠下身子,用余光仔细斜看着讲台上老师的一举一动,再看自己的位置,便舒了口气,自己的铁哥们同桌早就把凳子翻下来了,再靠坐在角落的优势,老师根本发现不了彤彤迟到,她趁机屁股一滑,坐进椅子,不发出一点儿声音,干净、利落。

讲台上,老师还在点名。"李广!""到!"一个矮矮的小个子在老师眼前推了推桌子,斜着站起来,用衣袖擦了擦黏黄的鼻涕,发出超大的声音"吸、呼——"。老师斜着眼示意他坐下。

"下一个,彤——"

"到。"老师看了一眼,继续点名,彤彤终于可以松口气了。

上课,下课,上课,又下课……就这样,周而复始。舒服灿烂的光斜照进教室,光明一片,彤彤也不禁被暖风吹得神魂颠倒,迷迷糊糊,用老师的简单一句话概括"做梦呗"。夏天实在是睡觉的好时机,彤彤迷迷糊糊地想着。

"哎,彤彤,在干啥?"徐徐摇醒了彤彤,可随之又一叹气,"唉,我爸平时温温柔柔,可在我学习上,简直一根筋,我画画还不错,上次一等奖你也看到了,可我还得去补,这个学期,唉——"

彤彤来了兴趣,唉,这不和我画画的那个老师是一个人吗!彤彤对徐徐说:"莫悲,莫悲,都一样。"

"你也?"徐徐一惊。

彤彤无奈一甩头,吐了口气。

"都是苦命人啊……"

严肃不过三秒,徐徐就拉着彤彤的手边走边絮叨:"我听说,这画画老师呀,有'三绝'。"

"怎么? 反倒夸起来了? 他又不是'扬州八怪'之一郑板桥,哪来的三绝?"彤彤有些气愤。

徐徐一脸无辜地笑:"待我慢慢道来,第一绝:人绝。那样貌,来人无不,无不……唉,算了,就说是'似比魔鬼胜三分',我听说,他生得聪明绝顶,一头油光细黑之毛发长于两侧,鼻子下边一撮胡子,不知情的人,还以为他是日本出生的呢——"

再看小彤彤,早被逗乐了,虽然捂着嘴巴,但笑声不住从指缝间蹦出来,要不是地板是湿的,彤彤肯定早就捧着肚子笑得在地上滚了。

"唉,莫笑,还有,第二绝:才绝。听我一个朋友私底下讨论,他虽然绘画天赋异禀,什么大赛辅导都不在话下,可为人,他说一,你敢喊二吗?他有误,你敢纠正吗?听说在酷暑,他别的不穿,却一口气从内到外套三件白衬衫,我可真不知道这老师要出多少汗了,出的汗该往哪流?"副班长徐徐故意把眉毛努力提上去,引得彤彤笑疼了肚子。

两人"咯咯"笑着,铃声趁机响起来,使劲将一批一批学生赶进教室。

这一节是体育课。

当老师才喊一半"自由"时,彤彤立刻高声呼喊"活动"!一瞬间人群似受惊的乌鸦般散开,彤彤的手东牵一个,西拉两个,嘴里发出"啾啾"的奇怪暗号,一下子一大帮男女生全聚在一起,只有其余八个四处游荡,而徐徐则飞奔去了学校最大的老樟树树荫底下占了位置，一群人盘腿坐下，这阵势，好像在开什么大会，而会长就是彤彤，副会长便是徐徐。

这是怎么回事呢？原来，彤彤早有准备，为了计算班里有几个人去学画画，在罚立正时，彤彤和旁边两个人咬耳朵，以此传开，马上，三分钟后，全班便都知道了。

徐徐看了一眼众人，发话了："这画画老师有三绝，不管在场十个人有没有听过，但我都讲一讲，貌丑和一根筋想必大家都略有耳闻，可他的凶狠，我一定要说说。其一，他上课时间不挑早不挑迟，偏偏选个中午十二点，没吃饭还冒着要迟到的风险赶去，两小时的课拖半小时，让饥肠辘辘的我们饿得更消瘦，而且两个小时，要画好几张画，画不好重画。"

她做个了手势，咽了口唾沫，正欲再说，彤彤叫停了她，对大家一副语重心长："同志们，大家都看到了吧，所以，我们大家要齐心协力，用妙计来取消这个画画班，如果大家想再摸一摸自己的玩具，再睡一个自然醒，就一起吧！"

有人提议十分迅速："放条蛇咬一咬'神笔吴'，没毒也吓得住医院。"

鼻涕虫李广却皱着嘴，吓得紧张抖脚："万一，万一出人命，一查可不得了——"

"嗯，"一个白白的小姑娘羞羞地扯着自己的小辫子，慢吞吞地，"我们这边胆大的，抓几只蛤蟆，老师不就——"

"那老师如此貌丑，丑人与丑物，岂不正好，万一把青蛙还当宠物？"

铃声伴随着同学们的苦愤与无奈。

"要不，下节课再——"

彤彤甩甩袖子："再说一天也没用！"她清楚地认识到，画画，是一定得去的。

晚上，彤彤在床上，蜷缩着身，靠在床边，似乎再动动，就得摔到地上了，她有些抽泣地喊："不要！"在梦中，她梦见自己没有按时完成绘画老师的作业，被关进小屋训练……

这夜，彤彤没睡好啊。

初露锋芒

周末。

"快点，都日上三竿了，要不要去学画画的？第一天别迟到！"妈妈在彤彤耳边大喊，顺便用手"哗"地掀开暖暖的被子，彤彤黑黑的小肚皮在微风的吹拂下，毛孔都竖起来了。她不得不把睡衣拉下遮住肚子，再眯起眼，起身把床头脸盆里一整块热气腾腾的毛巾盖在自己的脸上，隔着毛巾布擦眼睛，"好了，走开吧。"彤彤打了个哈欠。

"记得刷牙，快点，来不及了。"妈妈拿着毛巾，在厕所乒乒乓乓一阵后，离开了。

房间极其安静。

彤彤又躺下了,白衬衫裹着小肚皮,她刚套了一件衣服,手还露在外边,就又睡了。哦,并没有,她用脚搓着被阳光晒过的温暖的被毯,脑子里闪过几丝"起床不迟到"的念头,可念头一闪,这可是去学画画呀,马上毅力就被打败。

好景不长,父亲来了,他手上握着鸡毛掸子,故意塞进袖子里。彤彤多精明,老远的,就清楚地听到被嘈杂噪音搅淡的走路声,马上,她就坐了起来,把被子踢了,手一伸,头一缩,就钻进衣服里去了,比野猴的敏捷还要胜三分。

父亲来了,压着怒火来的。

彤彤出房门了,提心吊胆地走出的。父亲有些吃惊地看着彤彤如此整装待发,发现她正瞅着自己袖子里隐约露出的棕色鸡毛掸,立刻开始咳嗽,抬起手捂着嘴,不露声色地把鸡毛掸子塞了进去。

彤彤在风中尽量迈大步子,一路上,光穿过玻璃窗的小缝,洒了进来,明晃晃,亮堂堂;光抚摸着人们的脸,似海浪,一波一波,抚平了彤彤心上的恐惧与不安。妈妈也舒服了,就像一只冬眠的熊,全心全意地感受春光。

"妈,快点!"彤彤的小屁股正在躁动。

妈妈开始按喇叭了,刺耳之声回荡,终于避开了堵车,车开始飞驰,一排排的绿荫飞过。

妈妈的车又开始慢了。

"妈,快!"

"小鬼头,叫你早上不起床!"

"哎哟,都只剩一分钟了,还计较?快!"

"这是限速路口。"

彤彤沉默了,此刻,忐忑不安灌进了她的心里,她有小小的激动又有无奈和不安。

一到目的地,彤彤就缓下心来,老师的门前聚满了人,叽叽喳喳地说着话。

家长们个个欣喜,把老师当作"救世主",等了小半天,也不觉得腿酸。

终于,吴老师出来了,家长们拥着向里边儿跑,这场面堪比涨潮,一个浪头接一个浪头,每个人都是互相挤着的。如果站在二楼的阳台往下俯视,那场面可不得了,因为那是一片手的天地。家长把手全举得高高的,向前伸,乍一看啊,有黑、有黄、有白,有的手龟裂粗糙,有的细白如玉……论阵势,简直像一大帮山贼抢富豪。

对,"神笔吴"的确是一"土豪",因为有精神上的财富。身为美术老师,有对艺术的信仰,并且有这么多的粉丝,似乎只要到他手下学习画画,就能成为画家似的。家长的崇拜让"神笔吴"平添了很多的魅力。

但送小孩长大的大人们却没有顾虑,还握着老师的手恳求:"老师,您可是鼎鼎大名呀! 我孩子幼儿园的时候,我就想把他送来,只是太小了,怕麻烦您……"这种口若悬河的"口才妈妈"令人"佩服"。

还有一种,她们的笑容比马屁精还要谄媚三分,她们的嘴就这样笑着,像一条皮筋,左右被枝杈拉住,就这样咧着嘴,僵硬地笑,紧紧握着"神笔吴"的手,还忙着把一篮水果,一笼发糕塞进他手里,不时仰头。"多给他们画画,多练习,如果不听话,"她拿出手机摇了一摇,"随时报告! 老师肯定相信我们的家教吧。"

彤彤听着听着,背上冒出了冷汗,她的腿现在就如同一根软面根儿向后弯。此刻,举步维艰,他们这二十二人,就像瑟瑟发抖的烤乳猪,逃脱不了画画的魔爪。

彤彤只得和徐徐走进教室,一片寂静,只有老师神情肃然,不苟言笑,拿起笔开始示范讲解。讲解完了,就叫彤彤他们练习画直线。

哎,画直线,也太幼稚了吧。彤彤心里想着,自己都得过省里比赛二等奖了,还画直线,"神笔吴"该不会徒有虚名吧?

彤彤心里七上八下,十分难受,本来睡觉时间被占用了,到这里,吃饭的时间又给打发了,而现在却还在做没有意义的事儿,对她而言,周末是应该拿来外出游玩,是用来装扮童年的。

彤彤昏昏欲睡,在白纸上画画,用力地涂圈,一连把好几支铅笔给折了,而老师却没有发现,笑眯眯地看着大家。

时间如流水,慢慢逝过。

老师突然站起来,惊醒梦中人,说:"再画十分钟!"

彤彤恐慌地擦着纸上的图画,一点点抹净,可眼看老师逼近,彤低着头,眸子往上翻,盯着老师的一举一动。彤彤想要用宽大的袖子遮掩住,可把整张画纸盖住说得过去吗?彤彤心一急,用力一搓,只听清脆的一声"嘶——",画纸一分为二。

彤彤吓傻了,愣了一会儿,然后咽了口唾沫,把整个身子都盘在桌子上,此刻的彤彤"命悬一线",她的心情可以用"细脖子和刀擦肩而过"来形容,但幸好老师并未发现。还有一点颇为重要,彤彤当时把头压得老低,眼睛紧闭,不是因为遮掩,而是因为羞愧得没有缝可钻,毕竟从小到大,她一直都是胸前挂着"三杠条"的学校干部呀,第一次弄破了画纸呀!而且她由于紧张,脸缩成像一个榨干了的柠檬似的"畸形",手也攥紧,卡得里边的笔不得动弹,如此而因祸得福。

那"神笔吴"瞅了她一眼:"嗯,彤彤同学,表扬! 如此埋头苦作者,必成大器!"

彤彤才不管是否表扬错了,只要老师表扬了,回去报告妈妈,不知又有什么奖励——彤彤脸颊绯红,舔了舔舌头,那方便面特有的芬芳从鼻子里蹿出来,又被她吸了回去。

之后,彤彤胡乱画了一些线条,自己看了都有点别扭。不过"神笔吴"一看,眼睛一亮,说:"你,是不是学过?"

彤彤点头。

"神笔吴"笑了,说:"不错,笔画有力,简洁,到位!"

啊?这表扬是真的吗?

直到回到家,彤彤都在回味着老师的话,拧一下大腿,发现真不是做梦呢!

小说之"重"

如果你愿意留心路边的风景,就会发现路边的花花草草已经有了微妙的变化,片片绿叶中的嫩绿逐渐被深绿包围,茎旁的一抹黄,也是那样耀眼夺目。黄绿交织,示意着酷热的来临,还有小说的完结。

"小说"二字十分简单,总的才十二画,可其间丰富多彩的内心世界和幸福、骄傲、沮丧、难受的心情,如同微型过山车,在心里时而一落千丈,时而高耸入云。

这,又是一个傍晚。

"彤彤,晚上诸葛老师要来找你爸爸下棋,顺道让他帮你看看你的小说。你第十二集写好了吗?"妈妈笑眯眯地看着彤彤,似乎想让女儿变成画家的同时,还要把她变成一个女李白,或者杜甫,或者鲁迅,或者莫言。

彤彤说:"写了一半,没写好。"

妈妈可急了,问:"那你抓紧时间写完。再说诸葛老师难得有时间过来下个棋,我们见缝插针已经很不好意思了,你没努力写,到时候诸葛老师笑话你。"

彤彤在妈妈的推推搡搡下,终于进了书房。可妈妈的又一句话,让彤彤的耳朵张大,缩拢,白毛儿都竖起来——"你怎么这么会磨,像个六七十岁的老太婆!"

这下,彤彤一肚子委屈了,她用力吸一口气,肩膀不自然地抽动着,她轻轻哼着鼻音自言自语:"彤彤,笑一笑十年少,大人不计小人过呀,您不是常说,君子喻于静,小人喻于闹吗? 我们不跟她一般见识。"

原来,彤彤在妈妈的怂恿下,除了美术,还在诸葛老师的表扬下,被妈妈拱出一个野心,说凭借彤彤的才华,完全可以独立创作一本小说,要写三十个章节。这可是一个艰巨的任务,对一个小学生而言。

当时,彤彤是愉快地接受了。可是写了十集,彤彤感觉到难度了。一是题材难找,二是写作手法单调,三是想玩。

哈哈,彤彤摇摇头,后悔地说:"自己答应的,就继续前行吧。"

妈妈开着电动自行车,载着彤彤去爸爸的办公室。一路妈妈唠叨了啥也没听清楚,反正都是一些嘱咐的话。

彤彤把自己当成有学问的君子,哪里还有一肚子火?彤彤也不跟妈妈讲话,不是一时语塞,而是一开口,妈妈的嘴就如同注了吐真针,不停地"喷"。即便是有诸葛亮的三寸不烂之舌,或是那试卷独有的缩句精华也还是会让一嘴口水堵得无用武之地。

大概是运气不太好,又或许是应了妈妈眼里越烧越旺的金火,一路红灯光临,妈妈不禁又开始念叨:"唉,都是你,这么晚才出来,今天晚上不会少做点作业的,每次这么迟,还写不好,明天又请假?"

小说之『重』

"快!"彤彤一头栽在车座上,挂着脚,就差嘴里叼根牙签儿了。

"叫我快?还不都怨你!"妈妈一个急刹车,彤彤头磕在妈妈的后座位上,"砰砰"地响。

"怎么会呢?妈妈,我在家也就随口附和,其实我也知道写小说好玩,但是难啊。"彤彤又拉下眼皮,趴在后座位上,吹着微风,"我的好妈妈,快开吧!"

可妈妈充耳不闻,如同耳朵里灌进了强力胶,半丝风也透不进去:"呐,现在抓紧时间写,还要出版修改,我们争取六年级前出版出来! 现在想写就写,生气就不动,谁叫你当初答应诸葛老师的? 自己答应的事情就一定要做到的。"

彤彤这回也真邪了门的,并没有顶嘴,只是用大拇指和食指狠狠纠结在一起,发出愤怒的"嗞嗞"声,听去就如同啜泣声,愤怒的火放肆地浇灌着她的全身。彤彤觉得她的头发一根根立了起来,似针扎入脖子,但不见血,只觉得烦躁得难受。她左半边牙齿合在一起,舌头只在右面不自然地运转,一字一顿,如同是在硬如钢的木头上雕字,发出沙哑的声音:"好妈妈,快开。"

不知过了多久,终于到了。

她见到了熟悉的大光头。

这人身着一件深蓝色的衣服,穿着一条黑裤子,显出一片"帅气"的外表。头上有着一个大光头,在灯光的照耀下,反射出一道道金光。不苟言笑时,他的眼睛像一把锐利锋刀,严肃极了。而笑起来时他的眼睛则会眯成一条细小的缝。他的耳朵很大,耳垂也肥,像寺庙里佛像的大耳朵。

这人就是诸葛老师!

诸葛老师的课好玩、好听,听完让人有创作的冲动。可是今天他和爸爸下棋,坐如老佛,像老僧入定似的。彤彤也没说啥,站在一边看了起来。

显然诸葛老师的棋艺就如彤彤的创作,遇到了难题了,看他的眉毛就像两根绳子纠缠在一起,不知道从哪里解开。

过了十分钟,一盘棋算是结束了。

爸爸给诸葛老师添了茶,然后就让老师给彤彤看看。经过一顿的叽叽咕咕,老师分析得头头是道,彤彤听得是津津有味。可刚等彤彤高高兴兴地坐好准备动笔,刚刚的"文思泉涌"又不见了,脑子里只有鸟儿的叫声。没办法,彤彤用手托着半边脸,牙齿再咬下来,肉就无法逃窜,甘受两面夹击,可这样过了十几分钟,这种用痛刺激神经以求得思路的侥幸法并未能奏效。

彤彤用铅笔叉着桌子,又是一阵发呆,使劲榨干脑汁,笔立刻在纸上写了几个字,诸葛老师"督察"了一番,又去下棋了。至此,彤彤只要闻见风吹草动,便埋下头伏笔而作。

没办法啦,当大脑油尽灯枯之时,彤彤便用铅笔,轻轻地用笔尖在纸上画一张思路图,可以松一口气了,可静静伏耳一听,窗外那串熟悉的回家歌又响起:"咚……叮叮……"

彤彤心里一惊,七点过一刻了!这下,她的屁股死死粘在椅子上了,笔也有了魔力,心里默念,笔便落下,终于赶出了两面纸,可定睛一看,那字不是字,那是大大小小的虫儿与小蛇,头尾接连的怪物爬满整张纸。

一气呵成的丑字文章,让彤彤进退维谷,虽然自己的座位离诸葛老师的棋盘只有一步之遥,但彤彤怕老师会轻轻地一瞥,毫不在意地说句"不好"。也许这句话,会成为彤彤童年除了数学而做噩梦的另外原因之一。

当彤彤将"千斤重"的本子递给老师时,她觉得自己变成了不中用的肉瘤子,红笔是刀,在瘤子下边,自己的生命岌岌可危,而老师的手就是可怕的屠夫。每当老师接过作文本时,彤彤都会带上一支笔,用力使劲地在手上刻画,用疼痛缓解一些紧张。老师批的时候,彤彤总是睁着大眼瞅地板,不敢看老师和作文本。这是一个漫长的过程,如同过了四季。她一听到咳嗽,就联想到老师那不爽的皱眉,总能让她汗毛竖起,如果老师能发出几声笑,她又能舒口气。

没想到的是,诸葛老师看了作文,觉得挺有孩子的味道,竟然笑了,说:"嗯,有自己的东西,有自己的想象,这就是好的创作。接下去的内容,我觉得你可以写写你在爸爸酒店打工的事情,最好真的去做做。"

"诸葛老师说得对,我这个女儿啊,四体不勤,打工这是个好主意,哈哈哈……"爸爸在一边哈哈大笑起来。

诸葛老师说完,改了几个错别字,又低下头和爸爸对杀起来了。

彤彤长吁一口气,仿佛世界都澄明起来了。

酒店打工

旁边的花开得茂盛,尤其是那玫瑰,高得都快蹿到天上去了,一大朵一大朵的花儿,就像是用布做的假花,又粗又大,但又不失柔软。不用说,这些花儿都是从小吃雨露和阳光调配的盖浇饭长大的。彤彤下了车,也理所当然地被吸引住了,衬着这阳光,那红也格外明朗,把周围的一切都渲染成了暖色调。

一抬头,彤彤便看见了几个醒目的大字——"红星酒店"。

为了把小说写好,彤彤决定进行一些实践体验,这也是诸葛老师传授的秘诀——作文来自生活，又高于生活。

走进酒店，彤彤左脑和右脑就激烈地开始争吵。左脑辩道："对方队友请听好，我以彤彤父亲的名义来消灭你，作为上一代作家名师，是这样交代下一代的：'写作就是丰富生活、表情达意的一种方式，只有实践才能写出好的文章。'瞧瞧你，小胆子，小眸子，小嗓子，大眼睛，大嘴巴，不干点事能有体验，能写好作文吗？

右脑大声反驳："一个毫无经验的人到酒店实习，只会惹是生非，待会儿把爸爸的酒店招来个差评，可不是闹着玩的。"

……

最终，右脑失利，彤彤决定试试，就试试，不试试怎么知道自己不行还是行呢？彤彤勇敢地向前台跨出去第一步，第二步却折向左边的小门，小门那边有一个傻大黑的门卫。先套好关系，再说自己实习实践的事儿吧。

见了门卫的打扮，彤彤却不禁打起哆嗦。在这样热的天气下，门卫端正地坐着，黑着脸，脸上长满了大大小小的痣,有的足足有绿豆那么大,不仅有黑,还有红。难道是女娲造人用墨时一不小心多洒了几滴下去?他赤着身,隔着玻璃也能瞧见他手胳膊上的刺青——黑龙。这不会是黑社会的吧?彤彤浮想联翩,可当他抬起头时,那又粗又黑的眉毛便展现在彤彤眼前,而眼睛却又像两粒扁扁的空麦壳,陷在肉里,若是不戴上眼镜,恐怕会被人认为是"无眼男"。

彤彤刚要回头走开,背后便传来了亲切的叫声:"彤彤,你要干吗?"叫的就是那个"无眼男"。显然,他认识她。

谈了半天的闲话,彤彤觉得挺委屈自己的三寸不烂之舌,在傻大黑的引荐下,彤彤被带到了前台的一个阿姨面前。

前台的阿姨问:"孩子,你是闹着玩的吧?你家还需要你打工吗?你爸爸不会这么残忍吧?"她觉得彤彤就是来玩的,根本就不像做粗活的孩子。

彤彤坚决地说:"是爸爸叫我来的。我自己也想做点事,很有意思。"

阿姨也许是头疼了,额头上一个个疙瘩似的纹,道出了她的焦虑:"很有意思?这里可是做生意的,如果仅仅是玩,会影响顾客的哦。你叫什么名字?"

"樊——"彤彤泛红着脸,结结巴巴地,似乎自己是一个小贼。

傻大黑连忙插嘴:"是樊总的小女儿。嘿嘿。"

"啊?哦——"一时间,前台四个阿姨面面相觑,"你是樊总的二小姐……哦,好吧。"那阿姨立刻又从袋里掏出糖,让彤彤坐在沙发上。

"姐姐,我要来酒店实践,写作文,我天生愚笨,别给我太难的。"彤彤装着娇滴滴的样子,一股令人发麻的娃娃音从她的嗓子里爬出来。

"那,那你去旁边餐厅帮忙吧。"前台的阿姨微笑着说,似乎早就想好了似的。不过,彤彤总感觉那是一个坑:自己一次都没有做过饭,洗过碗,在餐厅能做什么呢?

走进餐厅,彤彤被安排洗碗,餐厅负责人——一个姓李的姐姐接待了她。

盘子上面泛着各种令人生厌的光泽,毫不夸张,可以把它比喻成"Visual pollution"。彤彤闭着眼睛,吸着鼻子,用抹布一抹,水里一冲,算好了;筷子呢,一搓,在洗洁精里一蘸,也算成了;酒杯呢,舀起一半儿水,晃荡几下,在自来水下一冲,完成了。

"不错不错,第一次做得有模有样的。"李姐姐说着言不由衷的话,脸上的笑有点浮。

"哈哈,是吗? 我觉得没怎么洗好,我会努力的。"彤彤竟然学会谦虚了。

"接下去,你到厨房端菜,注意别烫着哦!"

"好的,好的!"被夸了下,彤彤有点跃跃欲试了。

她端着一盘猪肝,开始送菜。她一时兴起,闭眼做白日梦,被桌脚一绊,一脚往前飞去,正巧踩在一位低头看手机的胖顾客脚上,她大呼小叫起来:"哎哟——想好好地吃顿饭,就这么难吗? 你这小孩,想踩死我吗?"

彤彤觉得自己的耳膜就像凉粥上面那一层厚厚的皮,被她大分贝的叫声震破了,吓得连连说对不起,眼泪竟然不争气地流下来了。

胖顾客边上的一个男人还也掺和进来了："精神损失费、医药费、误工费都得陪！你这餐厅是不想开了吗?"

"对不起,真的对不起……"彤彤也被吓着了,连连后退,连连道歉。

……

惨叫声此起彼伏,一下子吓走了好几个顾客,要不是最后经理自掏腰包赔偿那位胖顾客,后果真不堪设想啊。

夜晚,累了一天的彤彤冥思苦想地构思着作文,推敲着到底要不要把自己这段"鸡飞狗跳"的经历写入小说。万一被熟悉的人看到自己的经历这么"辉煌",那该多丢人啊!

意外的成功

清早,彤彤还缩在被窝中,窗外小鸟"叽叽喳喳"却丝毫不影响她的睡眠。清晨的阳光洒进房间,一派温暖。

"叮!叮!叮!"一串尖锐的声音吵醒了彤彤。她打了一个哈欠,迷迷糊糊地起了身,准备去洗漱,忽然听见门外有人大吼:"彤!起床了,快去写作文!"

打开门,只见一人一身黑衣黑裤黑鞋飒飒立于门外。此乃何许人也?乃彤之娘亲也。龙游人士,作为一家之主妇,方圆五十家以严厉著称。

彤彤想着老师的交代——"写生活实践"的作文。彤彤叹了口气,不知如何是好,毕竟每日都是那样的生活毫无新意,不禁万分头大。

来到学校,彤彤进了教室,那令彤彤紧张的气息又涌现出来。作文纸独有的气息弥漫在教室里,令彤彤坐立不安。她瞥瞥坐在讲台边的诸葛老师,诸葛老师一会儿严肃,一会儿又像弥勒佛,性格脾气很难捉摸。因为作文教得好,所以总有不同的家长带着不同的学生,从四面八方赶来让他教。所以彤彤打内心里还是有点敬畏诸葛老师的,尤其看到他笑的时候,总感觉自己又做错了什么,事实上老师每次笑都是表扬她,她也搞不清楚为什么会这么想,也许是自卑吧。可是这么牛脾气的彤彤怎么会自卑的呢?是自己对自己的要求太高了,还是妈妈的要求太高了?……总之,诸葛老师就是一个谜,彤彤暂时还搞不懂。

彤彤勉强熬了两个小时,将几个片段凑成了文章交了上去,达到了两个要求——字数和实践体会丰富。交完之后内心是忐忑的,不知道结果会如何。所有人都安静地待着,对自己作文的不自信,连话都没有心情说了。

等了半天，老师终于批好文章开始发话了。

"李小珊啊李小珊，你这是写字还是画字？重抄一遍交给我！"

"丁理！把人物的动作描写再加强一下，拿去，改一下再给我。"老师在那里一个个点名批评。这下大家连呼气也不敢了。

"徐徐啊，你的文章，概念化了，一点生活的体验都没有。"诸葛老师皱着眉。

"啊？"徐徐脸瞬间就红了。

"彤彤！"老师笑眯眯地叫彤彤。

彤彤所有的幻想便被撕扯得干干净净，急忙结结巴巴地解释："嗯，不是……我，嗯……老师，我昨……嗯……是……实践……"

这结巴终于被诸葛老师的长笑给打断了："作文写得还算可以，就是字太丑太丑……你还是练书法的吗？邱老师说你认真写，能写出一手好字，记住好文好字好思维，这是诸葛老师对你的期待哦！"

"什么?"彤彤不可置信,满脸惊喜。幸福竟然来得这么简单,在这一瞬间,她甚至已经想好了如何在校长面前显摆一下自己的套路了,哈哈!

第二天早操结束,彤彤见到了校长。

校长正带着局长在巡视校园。可能今天又有什么检查组过来,还是局长亲自来,可见这次视察对于校长来说是很重要的。

"校长好!"彤彤礼貌地对校长鞠躬。

校长显然没有想到此刻竟然会蹦出一个孩子打扰自己的重要行程,连忙脸色一凛,说:"彤彤,你来干吗? 去去去,到班里去。"

局长倒是来了兴趣,低着头打量这个有趣的孩子,问:"小朋友,现在下课了,不去操场自由活动一下,跑这儿做什么?"

"我来啊! 是想让校长看看我写的作文。我的作文老师表扬了我呢!"彤彤眼睛放光,比那《百万英镑》中的裁缝老板见到钱的眼睛还更亮。

校长哭笑不得,对彤彤说:"去给你老师瞧去。"

"这孩子!"局长一听,来了兴趣。

校长连忙让彤彤将作文拿出来,刚瞅了一眼,便对彤彤说:"局长可是清华大学的高才生,让局长看看吧。"就将作文给了局长。就在这一瞬间校长反应过来了,眼睛一瞪,一敲脑袋:"字太丑了!"可作文本已经到了局长手上,没办法了。校长只能听天由命了。

局长看完这篇精炼的小说,一笑,清清嗓子:"这孩子,文章真的好,大有前途,大有前途啊!哈哈哈,继续努力,小同学。"转过身对校长说:"走,继续转一圈。"

彤彤听到局长的最后一句话是:"你们学校学生好,作文好,都是老师教得好,你这领导当得好啊……"

校长心里得意得不得了,偷偷转身看向彤彤,并给了她一个大拇指。

"耶——,今天真是一个好日子啊!"彤彤的笑容灿烂了整个校园。

偶遇小程序

放学了,诸葛老师也随着人流走出校门。

正巧一回头,他就看见了淘气包彤彤。她正为放学母亲来接她迟了而生气,气鼓鼓的,就像在鼓包的青蛙。

彤彤妈妈急吼吼地赶到了,连声说:"堵车,堵车,老师啊,不好意思了啊。"

诸葛老师说:"没事。刚好想和彤彤聊聊写作的事。以她的才华,已经可以创作一些作品了。上次写的小说连续剧很不错。"

"是吗?那真是谢谢老师了。"彤彤妈妈的脸忽然像一个红苹果——虽然这样的比喻有点俗气,但是唯有这个比喻是最适合的。她有点手足无措,似乎对突然而来的成功感到太惊喜了。

"彤彤啊,你的文笔很好,但是基础还不扎实。老师建议你看看我的作文教学小程序,里面把小学必须掌握的一些基础写作知识做了一个系统的讲解,你看了,会有提高的。里面有好多的微课堂呢。"诸葛老师转头对彤彤说。

"小程序?"彤彤化饥饿为好奇的动力,一下子便打起精神来,像孙行者被压在五指山下五百年突然获得自由般那种喜悦。

"是的。基于微信平台做的,很好用。我把链接发你妈妈,你回家好好学。"

"好的,好的,谢谢老师。"彤彤妈妈连忙道谢。

一到家,彤彤就开始在老妈手机里找那个程序,一行夺目的繁体大字"诸葛老师教作文"在屏幕浮现。彤彤开心极了,再点进去打开教学,老师浑厚的声音和令人信服的教学就在屏幕上显示出来了。彤彤躺在床上,随着老师的教学时而笑,时而沉默,有时还自言自语地回答老师的问题,虽然老师不知道。

突然,她脑海里出现一个人的样子,肥肚粗腿,一副黑小眼镜挂在大红鼻子上,这便是彤彤的数学老师。

"最近数学老师不是老布置口算吗？如果在手机上做,既能完成作业,又能自己评分,节省大量的时间,就可以玩了。不错,不错……我怎么就这么聪明呢?"彤彤这样想着,傻笑了起来。她也要像诸葛老师一样做一个小程序,让所有的同学都用上这个小程序,这样自己就可以在同学面前真正露脸了。

不过她又想到数学老师那一脸严肃的神情,彤彤脸上的喜悦又渐渐隐去,她凝着神,陷入窘况。不一会儿她又想通了,自言自语:"上天啊,给我个聪明的大脑,却为何赐予我笨拙如渔夫般的小指头……"

她决定问一下老师,小程序是怎么做的。

第二天,彤彤在诸葛老师踏进办公室之前叫住了他:"诸葛老师,我想问问那个小程序的事儿。能做出这么好的东西,老师的技术真是厉害!"

"哦,是我一个湖北朋友做的,花了两万块钱。"彤彤拍了一下马屁,两三下就把诸葛老师乐得全"招"出来了。

"啊? 要这么多啊……"彤彤一听花了这么多钱吓傻了,待在那里好一会儿才回过神来。

"是的,也要花好多精力呢。"

"是啊,是啊。老师,您帮我问问,我想做一个口算训练的小程序,不知道能不能做?"

"你怎么想做这个呢? 哈哈,还蛮有思想的嘛。"诸葛老师的小眼睛忽然变大了。他啊,最喜欢有创新的孩子,所以对眼前的这个小丫头,这个充满奇思妙想的小丫头充满了兴趣。

"我是想节约一点时间,还可以多做一点,老师要是没有时间批改,小程序会批改,那该多好啊。老师,您说是吗?"彤彤的眼睛里写满了骄傲和幻想,亮亮的,就像八月十五的月亮。

"哈哈,你这个想法真好!"诸葛老师笑得连皱纹都跑出来狂欢了。

"诸葛老师,如果我爸爸妈妈同意我做,那你帮我联系那个做小程序的老师,让他帮我做一个好吗?"彤彤期待地看着老师。

"好,好,我一定帮你。"诸葛老师成了招财猫,不住点头,不过他的心里,可没把这件事当真呢。毕竟彤彤还是小孩子嘛。

告别老师,彤彤却变得郁郁寡欢。

讲试卷的课上,彤彤心不在焉,拿出粗笔头儿在黄桌上用力地写"两万"两字。心里想着,一个小孩儿,怎么也赚不到两万块啊。彤彤十年的积攒也就能凑够三千,另外的不知道去哪凑了。唉,看来我接下来的暑假要艰苦一点凑钱了。

放学了,彤彤并没有被那路上接连不断的车鸣声打断她要凑够两万块的思考。突然,小孩在路边玩游戏的声音给了彤彤提示:可以借钱啊! 接着是一串笑:姐姐的奖学金和红包已经有一万了,我可以向她借。等我赚钱了,我就还给她。嗯,这个主意不错。

筹款之路

彤彤兴奋地冲回家里,踏进姐姐房间。只见得大门敞开,姐姐在卫生间。彤彤四顾无人就偷偷用小拇指顶开抽屉,看到了那闪耀的粉红色。

"你在干什么!"姐姐以为彤彤要偷钱,呵斥彤彤道,"不要随便动我的东西。"

完了,姐姐误会了,彤彤兴奋劲一下子过去了。怎么办,怎么办,彤彤紧张得手心冒汗,结结巴巴地说道:"不,不是那样的,我要开发,不,不,是——"

"够了。"姐姐生气了,要推彤彤出房间。

　　情急之下,彤彤把她的计划说了出来,并许下海口,等赚钱了就连本带息还她!

　　姐姐叹了一口气,心一软,谁叫她是自己的亲妹妹呢。于是姐姐把一叠钱递给了彤彤。彤彤感激涕零地接过老姐给的钱。数了数整整五十张百元大钞,彤彤欣喜若狂,她筹到了第一笔钱了!

　　彤彤想着,想起自己还有个储蓄罐。那是平时老爸"救济"给的零钱,彤彤一分没花全放进了"猪猪"存钱罐里。彤彤回到房间吃力地把"猪猪"从书架上捧下来,不舍地摸了摸猪猪的大肚子。可为了那个新奇的小程序,只能忍痛把小猪猪给砸了。一闭眼,举起"小猪猪"用力摔在地上,"砰"的一声巨响,猪猪碎了,彤彤的心也随之碎了一地。

　　彤彤蹲下身,一枚一枚地数着,整整五百个一元硬币。彤彤又开心起来了,又有了五百元,离目标又近了一步!

　　去找爸爸吧。

　　灰暗的夜,灰暗的房间,门缝里透出一丝丝黄光,微微传出的人声枪声,那是父亲在看关于战争的电视。他看电视的时候总喜欢关门关灯,因为黑暗会让他看得更投入。

电视的声音很小,因而当彤彤轻轻地用小拇指一点那门把手,"吱——"的一声,原本就轻掩着的门开了。那刺耳的声音把彤彤给吓着了。可父亲没有,他静静躺在黑暗中的床上,将头歪在一边。他睡着了。

彤彤走上前用手慢慢把父亲的头放正,好让他睡得舒服点。

父亲似察觉到了,睁开了惺忪的睡眼。父亲看到眼前有人就开了灯,原来是彤彤。

"闺女,又有啥事呢?"父亲搂着彤彤的肩膀关切问道。

彤彤一时窘迫得不知怎么开口,突然看见电视机里出现的广告词——创新,大事业。心道:这不正好是个好方案吗?彤彤就连忙跟父亲说:"爸爸,你看见广告上那几行字了吗?我就要做——做大事业!"彤彤说话的气势如公鸡般雄赳赳。

父亲先是一愣,然后哈哈大笑,抚摸着彤彤的头:"傻孩子,你的想法和愿望很好,不愧是我的女儿啊,可是你才只是个四年级小学生,哪里干得了什么大事业。"

彤彤把自己的构思一五一十地和爸爸说了一遍,眼睛闪闪亮,似乎已经是女企业家了。

爸爸却一点兴趣也没有,就觉得自己的女儿一直善于做白日梦,她这么一说,自己就这么一听罢了。他一看电视机上的时间,说:"哎呀,十一点了,快去睡觉了,小孩子不要晚睡。"爸爸抱着彤彤回到了她的床上就回了房间。

"唉,找不到方法借钱呀。"彤彤泄气了。想着只能明天再说了,打了一个哈欠,眼皮一合上就睡着了。

第二天早上彤彤早早醒来了,看着红彤彤的太阳慢慢从地平线升起,染红了地面,一片片云也从缝里溜出来了,在上边还有没睡醒的红晕。"染得真好看。"彤彤看着红白渲染的云儿,赞叹不已,"红色真好看。"

对!红色!红色!彤彤想起了人民币的颜色,这个场景像极了把钱藏起来的状态。有个词儿不是叫"私房钱"吗?彤彤脑子一灵光,急冲冲地蹿上楼,看到父亲在刷牙,就叉着腰慢慢悠悠地走进去:"继续讨论昨儿的话吧,借我三千,樊总。"她那模样可神气了。

父亲差点没把水喷镜上,眉头一紧:"你这孩子,怎么成天想着赚大钱,现在年纪这么小,最主要是念好书。等你爸爸老了,你再考虑赚钱的事情吧。"

这下,彤彤可气了,父亲怎么就不理解呢? 一生气,一转头,故意刺激了一下老爸:"老爸,不想给私房钱就直说,不必强求,我去跟老妈说。"

"我哪来私房钱……你,你这小家伙……"

"好吧,没有就没有,不过我要到那个景德镇买来的大瓶子里拿一点,应该没人对我发火的吧……"彤彤闪闪眼,一副调皮样。

"我的小祖宗呀,放过我吧。"老爸皱成了苦瓜脸。

"那——您是答应了?"

"你要多少?"

"不多,就要……"

望着拿着钱下楼的彤彤,父亲倒有了几分释然:谁叫她是我的女儿呢？就放手让她干吧。

彤彤坐在桌子前，心里回想与父亲的斗智斗勇，便十分开心，这可又"骗"到了一万三呢！

酷暑时节。昏沉的夜，空气闷热得令人窒息。

窗外黑压压的一片，快要压得人喘不过气来。彤彤躺在床上，扯着毯子盖在头上，烦恼着明天该怎样向同学筹钱：直接借钱嘛，能借到的肯定不多。可是要想挨个儿小额地筹钱也不行，现在学校可不准带钱。还差两千五，看来问题不大，毕竟大头的已经到手。彤彤使劲敲着脑门找办法，想着可以去向老师借钱，但是又想："向老师借？这不是自讨苦吃吗？"

过了会儿，睡意涌上来，彤彤只能带着思绪进入梦中。

第二天一早，天亮了，彤彤醒了。闭着眼继续思考借钱的事，突然一个念头冒了出来，彤彤心里琢磨着这个想法起了床。

到了学校后,彤彤便去接近一些贪玩的学生,学习对于他们来说是小事,玩却是大事。而贪玩的人一般都有点钱,不如找他们借点,融资。

彤彤站在讲台上,一本正经地示意大家安静,说:"同学们,我这里有一个想法,有个创业的想法,不知道大家有没有兴趣?"

"什么啊?说来听听。"

"我准备开发一个小程序,是用于数学作业的。大家都是学霸,如果用上小程序做口算,我们班级的口算速度一定飞快,准确率也得到提高。这可是一本万利的好事。万一老师同意用小程序做口算,发行到班级、学校,乃至市、省,不仅赚到钱了,可能我们这些人还会上电视,被评为'年龄最小的经济人才',这可不得了!不知道大家有没有兴趣参加?"

"怎么参加呢?"副班长陈陈问。

"……"彤彤口若悬河介绍了一番,班里有部分同学被彤彤煞有其事的语气说服了,想到自己以后可能获得的荣誉都开心得不得了,马上把一张张零花钱往彤彤手里递来了。

接下来的时间,彤彤用那一张能说会道的嘴软磨硬泡,分别让四位舍不得投资的"仁兄"掏出了三十、二十、十和五块钱,一算,可有六十五元了!那钞票上的微笑,似乎在打趣:"孩子,你离你的宏伟目标不远了!"

剩下的时间里,彤彤开始了乞讨式"长征"。一圈下来彤彤发现了一个令人震惊的事儿——大家其实都带了钱。几角,几元,到几十元不等,可谁愿意为帮助救彤彤而掏光老底呢?不难,彤彤先锁定了几个要好一点的朋友那里,一下课便一个个蹿到桌前,从一元筹起。真别说,虽然每逢下课就去磨嘴皮,挺不容易,但效果还真是不错的。有人觉得厌烦,一掏便是十元压嘴。不过,如果别人真的发起火来,可就不能念了,不然不仅失了友谊,万一告到老师那儿,说同学之间勒索钱财,可真是自找麻烦了!

众筹,很累,但是圆满成功得令人惊讶。

今晚,彤彤终于可以做个甜甜的美梦啦!

努力的花最红

落叶对树说,好好地开花结果;

天空对鸽子说,好好地守着幼鸟;

老师对彤彤说,好好地学习成长!

才刚刚进入初夏,天气便已酷热难当,有理由相信夏天的折磨才刚开始。那是并不平常的一天——放假前夕有煎熬考试的星期五。同学们脸上都露出对考试的害怕和厌烦,但彤彤却不同,她脸上的表情兴奋得似那蓝天里起伏的白云。因为她的小程序已经在诸葛老师的帮助下上线了。

昨天晚上，自己就连续玩了一个小时的口算训练，有二十五次获得了满分，九次错了一题。那效率，那升级积分，让自己沉湎其中。这应该比玩游戏好很多吧？要知道，玩游戏，是老师最头疼的事情了。要是在班里用小程序开展口算比赛，老师不用批改，学生又有兴趣，那该是多好的一件事啊！彤彤心里充满了期待，期待班里同学的数学突飞猛进，希望差生个个被"消灭"，当然也希望自己投入的小程序，能保本，能不亏钱，不然真不知道如何对姐姐、爸爸和投资的同学们交代。

兴奋夹杂着担忧，担忧中充满期待，这种心情就像一瓶老酒，让彤彤不能自拔。

一下课，她就借了诸葛老师的手机，并适时在老师交流时接住话题，准备与诸葛老师合作说服数学老师暑假作业少布置一点。

"老师，您觉得暑假的两个月应该布置多少作业？"彤彤说。

"哟，彤彤，你倒问起这个来了，这个我想想先，倒是你要好好努力了,虽然期末考得不错,但我们的目标是最终的小升初考试!"

彤彤一看时机来了,就赶忙说出她的想法:"对啊,因为暑假只有两个月,所以我想好好规划一下写作业的时间和方案,留下时间为小升初做好十足准备!"

"唉,你觉得我会不想?不过难布置啊!学校和学生这边难均衡啊!"

听到这个答案,彤彤整个人都兴奋了,她赶紧接住话:"老师,我给你推荐个东西。"

然后彤彤麻利地把手机屏幕亮出来,双手捧着手机,左右手灵活地跟脑子转,它们从"脑子老大"那接到命令,然后,开始完成一步步的指令。耳朵舌头也连接神经,脑筋一动,神经一抖,开始飞速传给耳朵,耳朵一震动,"呼"的一声开始了霹雳舞,先驱动嘴巴,一扭,然后往左边一扫,右边一摇,推了推喉咙,口水滚下去,"演讲"开始:

"布置作业莫着急,点开手机小程序,切记关注'彤数学'。老师同学莫着急,点开登录注账号,用了觉得好再付费,数学课程随你选,学渣从此不用怕,课内课外同一体,难题不会登账号,名师讲课包你行,切记登录'彤数学',学习从此不用愁……"现在想想,如此滔滔不绝,妙语连珠的演讲,要是当时录下音放给学校师生听,可能就一举成名了呢!

彤彤的推销显然很有效果,老师当下掏出手机,扫了这个二维码,嘴里也啧啧赞道:"四点钟放学的时候,你再跟同学们说一遍,把全体同学都动员起来扫二维码好好学习!口算能力提升了,数学的计算速度就快了。速度快,就有充分的时间思考,成绩就上来了。不错,彤彤,你人小鬼大,真了不起。"

彤彤得到这个答案高兴极了,要是真照这样的速度传播,真不知道自己哪天就能登上新闻头条成为金牌销售人了吧!

下午四点很快到了,彤彤站到了讲台上,面朝三十个同学。她拿着手机,嘴巴就像一个播音器一样开始"吱吱"叫,还时不时能听见"哈儿""哈儿"的大喘,足足用了十分钟。虽然说了这么多话特别累人，但彤彤仍旧十分高兴，因为她最终得到了大家的认可，顺利地推销出去了她的产品。

放学的时候，彤彤静静地坐下来，用金色的笔，细琢、精雕，在她那最珍贵的书上，画下了一个大大的、闪着光的——金元宝。

晚上回到家，彤彤一脸认真地在日记本上记录了她今天这次成功的推销。

放假了。校门口挤作一团，家长们还没看到孩子出校门，就叽叽喳喳说着学校的各种新闻。而今天新闻的主角，是彤彤。

彤彤的小程序开始赚钱了，这几天可以说是"生意兴隆，喜作一团"。

彤彤的故事从家人开始，到学校的口口相传，变得越来越离谱。

"那个彤彤，小小年纪超厉害，连小程序都会写了，了不得……"

"是啊,是啊,比起她,我那儿子还在梦里过日子呢!"

"听说她挣了钱,把同学里面筹的钱都还了,还分了红……"

"据说,她要把赚来的钱买书,捐赠给学校的图书馆呢!"

"哎哟,这可了不得,才这么点大,真厉害了!"

"听说,她还写了一本小说呢。"

"小说? 怎么可能,才四年级,怎么写小说。"

"真的。上次诸葛老师说她已经写完了,就要出版了呢!"

"啊,哈哈,看来优秀的都是别人家的孩子啊!"

……

当彤彤听到这些夸奖自己的话时,一脸自得,尾巴得意得都要翘到天上去了。

时间过得很快。

一年的时间到了,和诸葛老师约定完成长篇小说的时间也到了。

"老师,我的小说能发表吗?"

诸葛老师抬起头,微笑着说:"应该能。老师看了一遍了,有很多的小问题,都修改好了。马上要寄出去给编辑了,你等着好消息吧。"

彤彤一路回去,一路畅想:要是编辑告诉我能出版,我该怎么庆祝一下这样的成功呢?

晚霞悄悄网住了天,彤彤的心里充满了晚霞一样的灿烂,她暗暗叮嘱自己:好好努力,诸葛老师说的,努力的花最红,不能都想着玩,想着调皮,应该给自己找个方向,好好努力。将来,自己要做一朵最红的花呢!